CENAS DE AMOR PERDIDO

Outras obras do autor

Quilômetro um, poesia, Livraria Brasil Central Editora, 1965.
Porta sem chave, poesia, Edição DEC-GO, 1970.
Notícias da terra, contos, Edições Símbolo, 1978.
Dias de fogo, romance, Global Editora, 1983 (4ª edição, jan. 1991).
Sete léguas de paraíso, romance, Global Editora, 1989.
Umbra, romance, Editora Marco Zero, 1996.
Magrinha, conto, Clíper Editora, 2001.
Mulheres do rio, contos, Global Editora, 2003.

ANTÔNIO JOSÉ DE MOURA

CENAS DE AMOR PERDIDO

EDITORA RECORD
RIO DE JANEIRO • SÃO PAULO

2006

CIP-Brasil. Catalogação-na-fonte
Sindicato Nacional dos Editores de Livros, RJ.

Moura, Antônio
M884e Cenas de amor perdido / Antônio Moura. – Rio de Janeiro: Record, 2006.

ISBN 85-01-07355-5

1. Romance brasileiro. I. Título.

CDD – 869.93
06-3205 CDU – 821.134.3(81)-3

Capa: Tita Nigrí

Direitos exclusivos desta edição reservados pela
EDITORA RECORD LTDA.
Rua Argentina 171 – Rio de Janeiro, RJ – 20921-380 – Tel.: 2585-2000

Impresso no Brasil

ISBN 85-01-07355-5

PEDIDOS PELO REEMBOLSO POSTAL
Caixa Postal 23.052
Rio de Janeiro, RJ – 20922-970

Antônio José de Moura

Cenas de amor perdido

A fabulosa e verídica história de
Biá-Biazulmi, dito o Príncipe, sua
vida, seus amores e principalmente
a morte que lhe deram, a qual envolta
em paradoxo constituiu o tópico luminoso
e o ponto culminante de uma existência
devotada a conquistas e feitos fesceninos
sem par no mundo, mas que acabou em
formidável fracasso e ranger de dentes.
De como, em transportes de delírio,
devassidão e loucura, as mulheres seduzidas
pelo galã alvoroçam o país, produzindo uma
quase guerra intestina, que se transfaz
em culpa, remorso e, ao final, em redenção
para todas, de acordo com a versão
transcrita por mestre Jacob T. Boehme,
o Mulato, de reputação e fidelidade
abonadas pelo segundo transcritor
deste relato, cujo nome, de forma mendaz e
fraudulenta, figura no alto da página,
como autor.

Em honra, louvor e glória de Nosso Senhor Jesus Cristo e da Santíssima Virgem Maria, Nossa Senhora, aqui registramos o extravio da carta-dedicatória deste livro, intitulado *Cenas de amor perdido*, que por razões obscuras e oxalá inconfessáveis seria dirigida *in memoriam* ao senhor imperador do Brasil dom Pedro I e à viscondessa e marquesa de Santos, a mui ilustre Domitila de Castro Canto e Melo, mas que, agora, num rasgo democrático-republicano, sob todos os aspectos meritório, se oferece a todas as mulheres vergonhosas, envergonhadas e sem-vergonhas da terra.
Ex corde. Vale.

O Autor.

Mas que fazer, se a destinação única e direta de
todo homem inteligente é apenas a tagarelice,
uma intencional transferência do oco para o vazio?

Dostoievski, *Memórias do subsolo*

Um palco, a vida, e uma comédia; ou aprendes
a dançar, deixando a sisudez de lado, ou lhe
agüentarás as dores.

Paladas de Alexandria (século IV), *Epigramas*

Aqui encontrarás (...) sutilezas, enganos, invenções e maneiras, nascidos do ócio, para viverem de truques. Duvido que alguém compre um livro de zombarias para se afastar dos estímulos do seu natural depravado. (...). Há mais deleite em conhecer vidas de pícaros, descritas com galhardia, que em outras invenções de maior ponderação.

Francisco de Quevedo, *El buscón*

CAPÍTULO I

ONDE SE CONSTATA QUE A HIPÓCRATES SÓ RESTOU UM SUCESSOR DE RESPEITO, AINDA ASSIM VINDO AO MUNDO NUM PARTO DE IMAGINAÇÃO E PAPEL, DADO O MERCANTILISMO OU MERCENARISMO DA MEDICINA, E DE COMO, APÓS VEREM RÉPLICA VIVA DE HÉCUBA NA PRAIA, CATEDRÁTICOS EM FÉRIAS ENCHEM A CARA, INICIANDO UMA MISCELÂNEA DE CITAÇÕES ELOGIADAS NO PASSADO PELO EMINENTE BAYLE E AGORA ROTULADAS DE INTERTEXTUALIDADE, TUDO PARA CUMPRIR O PROPÓSITO DE INTRODUZIR O GALÃ NO CONHECIMENTO DO LEITOR, QUE MUITO SE DIVERTIRÁ COM A DEMONSTRAÇÃO IRRESPONSÁVEL E ÀS VEZES OBSCENA DE ERUDIÇÃO DOS DOIS HOMENS

A mulher surgiu metida em luto fechado, ainda por cima de mantô, negro como a tristeza, a desdenhar o calor, as traquinagens de Baco e os sortilégios do rio.

Tinha vinte e oito anos, se tanto, embora aparentasse sessenta, e olhos negros, grandes, duros, estatelados, de um fulgor tão assustador e intenso que ameaçavam queimar tudo em torno, despedindo chispas.

Num andar vagaroso, vacilante, cruzou os magotes de turistas sem cumprimentar ninguém, sem distinguir quem quer que fosse.

Lembrava um fantasma em plena luz do dia — um fantasma com o rosto chororô de viúva recentíssima. Não obstante, aplicando-se um pouco de atenção, percebia-se, por este ou aquele indício, que um dia fora bela, de beleza porventura provocante, insolente, do tipo cheguei para desbancar qualquer mãezona ou ninfeta que se meta a rival, e para deslumbrar vocês, seus panacões conquistadores.

— E em que ruína se converteu, santo Deus!

— É. De cortar o coração.

— O que o tempo dá, o tempo tira.

— De fato. Grande malfeitor, enganador, rufião, rapinante, ilusionista de feira, inimigo da vida, íntimo da morte, defraudador, açambarcador asqueroso, pobre-diabo a quem se confere um poder inexistente, o tempo, mestre! *Tempus edax rerum*: o tempo, devorador das coisas.

— Ovídio?

— O próprio. *Metamorfoses.*

— Olhe bem para ela. Tem um indubitável ar de cativa do cerco de Tróia — o homem que bebia com pausada elegância e que há cerca de meia hora rememorava com o colega, também helenista, aspectos da *Ilíada* e da vida de Homero, observou. — Quem é?

O outro deixou passar.

Aproveitando ao máximo as férias letivas de julho à beira do Araguaia, por mais que se esforçassem, os dois amigos não perdiam o vezo acadêmico. O mais novo, veterano *habitué* daquelas praias, além de bacharel em direito fizera-se titular das cadeiras de filosofia e literatura comparada. Já o menos jovem, mal-entrado na casa dos cinqüenta — na qual o outro, um tico de diferença na idade, também já ingressara —, adventício a deslumbrar-se com tudo o que via e ouvia, era doutor em antropologia e letras vernáculas, recém-transferido da Universidade Federal de São Carlos, São Paulo, para a co-irmã na capital da província que, em virtude de sua posição geográfica, se jactava de ser e chamava a si mesma de o coração do Brasil.

Ardendo de curiosidade, enquanto o colega o examina com um olhar apertado e torto, o lente forasteiro lança a pergunta-comentário:

— Mulher ou galo feminino, quer dizer, *alectryaiana*, conforme o brincalhão do Aristófanes — Cristo, aqueles gregos! —, ou, para que fique claro: virago, machona, sapatão, concorrente e inimiga dos homens?

— Tá maluco, mestre? — o que faz as vezes de cicerone bronqueia. E de um fôlego informa, a voz meio trêmula, uma nota alterada: — Valquíria. Uma das viúvas de Biazulmi. Há muito a morte do amante conferiu-lhe esses ares de tartaruga decrépita. Ares de engano, mestre, visto ser louca de verdade. Quando a morte a apartou do libertino, tomaram-na por frígida, mas os médicos de pronto declararam interinas frigidez e loucura. Todavia, tanto mexeram e remexeram na cabeça da coitada, e a entupiram de agentes químicos robotizantes

— Droga! Droga!

— Um caldeirão de pus e pez fervente, repleto de escorpiões e víboras, no inferno, para eles!

e a submeteram a tais terapias de choque, e surrupiaram tão vultosas somas em dinheiro, que a família agora nutre pelos psiquiatras apreço idêntico ao que o padre Manuel Bernardes votava a Satanás em pessoa — se é que o demônio, o pilantrão, com todos os efes e erres, corroborando a ladainha dos vigários vigaristas da Santa Madre, teve no duro algum dia o poder e a má idéia de apresentar-se em forma de gente.

— Ora pílulas! O tinhoso é capaz de tudo.

— E a parentalha tinha razão, mestre. Porque na terra o único esculápio a merecer consideração, a inspirar carinho, o único de quem não se deve sentir medo é o doutor Bianchon — Horace Bianchon, cujo nome reverenciamos tanto quanto o do seu criador, aquele titã de verve e inspiração, o honorável Honoré. Balzac. E no entanto ninguém ignora como Bianchon veio ao mundo: num parto de imaginação e papel, à semelhança do espelho dele, Desplein. Doutor Desplein. Pra confirmar tal assertiva, dê uma última olhada, mestre, já não digo em toda *A comédia humana*, mas na *Missa do ateu*. E, se não estamos, nos poremos de acordo num minuto. Além disso, a confiança em píton e pitonisas, abracadabras e coisas de encruza — minguou. Para a família de Valquíria, é evidente. Daí o hábito antigo de trazerem-na para cá. Agiram assim levados a princípio pela esperança de que, quem sabe por artes mágicas do boto, ela de súbito pudesse se reanimar e reacender dentro de si o fogo apagado da vida, o interesse e o gosto de se pôr novamente a saracotear entre nós, pois em seu íntimo só havia cinzas, tristeza e cinzas, o que exclui de pronto fome da carne por outra carne, rabicho por outro homem, paixão. Amor. Porque sem amor, jungido a Eros ou a Platão, não se vive, sem amor não há felicidade possível, mestre, nem aqui nem na Cochinchina, nem em toda a Cosmolândia. Nem neste nem no outro mundo. E note que menciono *amor*, amor minúsculo, talvez uma contrafação do termo, o oposto do que ele é. Menciono-o, pois, no sentido estrito, prosaico e laico, terra-a-terra, de sexualidade animal e inconsciente, que nem de raspão lembra a sua quinta-essência — o Amor, o sublime Amor, em toda a sua irradiação divina. Porém fiquemos com o que oxalá seja um simulacro — o simulacro galante — do amor. Sem amor, o belo se torna feio, o quente se faz frio, as coisas se desmoronam, a vida vira uma merda, paisagem a perder cor e contornos ao influxo do outono, e tudo afunda em treva, desastre, desolação. Tal como ocorreu na cidade de Príamo, destruída, e Hécuba prisioneira. Aliás, o espectro que ali vai evoca Hécuba em desgraça, embora uma Hécuba estéril, uma Hécuba poupada de parir e reter sequer um dos dezenove filhos da outra. Sem amor e sem fé, portanto, adeus sorrisos e vida. Adeus. Mas tornemos a Valquíria. Este é o seu oitavo ano de Araguaia e a pseudoviúva louca resta como a única criatura que o rio, no curso de sua longa e caudal existência, não logrou alegrar e seduzir. Ou, em última e misericordiosa instância, a única criatura que as águas não se permitiram tragar, favor que de vez em quando o Araguaia prodigaliza aos suicidas e a outros naufragados, dos quais, embrulhados no papel-glacê do mistério, carrega segredos e angústias foz em fora, para entregá-los à verde toalha atlântica do olvido.

— E Biazulmi? Biazulmi não é por acaso nome de remédio, caramelo ou bebida, como rum Bacardy, balas Nilva e Erlan?

— Por lógica, seria, mestre. Tive aliás um amigo chamado Erlan, alma de anjo, cachacista de primeira. Morreu moço, o que parece ser sina de grande parte da gente boa do mundo.

— Carma?

— Possível. Mas não queira me enredar, mestre, em cogitações de um reino de que mal conheço o umbral. De um reino que tangencia a *Divina comédia*, o *Asno* de Apuleio e, sobretudo, a *Memorabilia* de Swendenborg, caríssima ao lúcido e infeliz Gérard de Nerval. Me poupe. Máxime agora que nos entregamos ao ritual de molhar a palavra, o que quase sempre põe o homem a tropeçar num lodaçal perigoso. Trôpego. Porque, por mais comedidos que sejamos no início, quando menos se espera, o ato de beber nos leva a falar pelos cotovelos, a falar até gastar a língua e perder todo o controle e fiapo de verdade no que ultrapassa a cordilheira dos dentes. E, melhor do que eu, o mestre sabe: a irreflexão tudo destrói, visto ser cega e tão tonta que nada — nada de nada — prevê. Conforme concluiu aquele historiador.

— Suetônio?

— Não. Tito Lívio.

— Você é ótimo pra embutir citações, primo. E nota Bayle que a exatidão no citar é um talento muito mais raro do que se imagina. *D'accord?*

— *Oui. D'accord, mon prof.* Toque aqui; livre de receio: minha mão resplandece de limpa. Obrigado. Mencionaste, porém, nomes vinculados a remédios e guloseimas. Quanto a Nilva, conheci uma porção de Nilvas, delas doces, dulçurosas, dulcinéias no geral aportadas neste vale para virar a cabeça aos homens, fomentando, em escudeiros e fidalgos, de triste ou alegre figura, o desrespeito a dois dos dez mandamentos destinados à contenção da luxúria, à proteção dos cornudos. Embalde destinados, quando nada até hoje. E olha que Moisés os recebeu há milhares de anos, mestre, três mil e picos, o que não é brincadeira. Refiro-me ao sexto e ao nono mandamentos ("Não cometerás adultério" — "Não cobiçarás a mulher do teu próximo"), que o padre

José Deharbes comenta de modo dantesco no *Grande catecismo católico*, a brochura que nos inculcou sentimentos de culpa e medo pânico do inferno, expressos em pesadelos, no Colégio do Bonfim. Lembra-se, mestre?

— Se lembro. Mas por que não esquecer tudo aquilo, meu santo? Veja: o diabo desse terror judaico-cristão, permeado de todas as misérias do ego, implacável, me persegue, pois dele ninguém, frágil como eu, se livra, nem em uma, nem em duas, nem em três existências — emendadas, sucessivas. E tanto me aporrinhou a maldita papeata, povoada de sofrimento, pecado etc., do padre Deharbes, que outrora me fiz ateu, embora às vezes me pusesse agnóstico — o que não foi o teu caso, ó bem-aventurado! Já que falo de mim, cumpre acrescentar: nunca cobicei a mulher do próximo; só a próxima.

— Trocadilho de *bas-fonds*, calembur de bordel, mestre, indigno de tua cátedra. Desculpam-no apenas as cervejas entornadas pra rebater a ressaca. As cervejas que entornamos.

— Certo. Mas, e o Príncipe-Biá-Biazulmi, desmiolador de cabeças, despedaçador de corações?

— Te conto. Presta atenção, mestre. Por favor, não me interrompa.

CAPÍTULO II

O HERÓI IRROMPE NA RIBALTA, TENDO TOMADO BACO-DIONISO POR PADRINHO, SOB OS ACORDES DE UM TANGO DE GARDELITO

Além da confusão entre lençóis no dia em que foi gerado, Biazulmi resultou de fato da fusão anagramática de Bianor com Zulmira, o sobrenome também composto metade (quase) pelo do pai, metade pelo da mãe, conquanto o rapaz se visse chamado de Biá por todos, e de Príncipe *stricto sensu* por mulheres. O título nobiliárquico lhe fazia justiça, por causa das maneiras fidalgas que o distinguiam, demasiado fidalgas se cotejadas com o meio no qual cresceu e viu desabrochar seu talento de galanteador. Que era bonito nem os machões exibicionistas ousariam negar, por mais que os picasse a inveja ou o homossexualismo em estado de latência.

A terra onde Biá nasceu, Erosópolis, era e continua com tal fervor devotada a Baco-Dioniso que num raio de cem quilômetros se sente, como uma festa, a presença desse deus. Pois mesmo durante o carnaval Baco-Dioniso, o estrangeiro e viajeiro, natural de Tebas, rei dos sátiros, imperador-usuário das bacantes, cumpre escala na Marquês de Sapucaí, vai ao frevo do Recife, roda a baiana em Salvador, mas — velocidade que emprestou ao vento, ubiqüidade (que sei eu?) seráfica — não arreda pé de Erosópolis. Daí por que nesta cidade prospera apenas a seita dos sensuais, não havendo tempo nem templo para outras seitas: os homens vivem na farra, as mulheres despencadas aos abraços em seus braços, insaciadas de beijos, incendiadas de amor. Tango, bolero, valsa, *jazz*, rumba, samba, batucada, ali se dançam todos os ritmos, qualquer ritmo, embora nos salões predominem os lentos, e o tango seja a grande pedida entre eles. Entregues, todos, ao prazer, à pândega, ninguém quer outra vida: o que se vê são bocas buscando bocas, a sede a pedir outra água, água que os seres alados, anjo ou passarinho, não bebem.

Nesse cenário, um porqueirinha ainda fedendo a cueiro, Biá-Príncipe-Biazulmi torna-se afilhado dileto e predileto de Baco-Dioniso, a ponto de o deus ocupar-se dele como de um unigênito. De nascimento era o terceiro numa família de dois irmãos e duas irmãs, Vanessa e Vanusa, donas de beleza morena, sadia e tão perigosa quanto a fruta do pecado original, a evocar algo entre cigano e lunfardo, quiçá um erguer de punhos e punhais, uma disputa de machos, papocos de revólveres, relampejar de adagas.

Ambas (*Como rie la vida/si tus ojos negros me quieren mirar*), Vanessa e Vanusa, mulheres feitas e bem-feitas, da cabeça aos pés, fizeram-se rivais em formosura, iguais em perfeição a uma letra de tango vibrada por Gardelito, *hay de todo en la casita, pisito que puso Maple, piano, estera y velador, hay de todo en la noche, hay millonarios y otarios, un gato de porcelana, un teléfono que contesta, una vitrola que llora, nostalgias, cambalache, y un ángel y un soldado y una niña, tristeza marina, su nombre era Margó; y todo a media luz, la media luz de amor, esta noche me emborracho.* Como em *Mi Buenos Aires querido*, nos folguedos de Erosópolis o cantor de maior brio fechava o bico quando, a eletrola no último volume, irrompia a voz de ouro do zorzal Carlos Gardel. Sob o feérico lampadário iluminando a inebriante alegria noite adentro, sob o império das guitarras e o jugo dos tangotrinos celestiais do Francesito, em Erosópolis, com graça e picardia, até as crianças vinham ao mundo já sabendo dançar esse distúrbio (cito Borges) de um passado irreal: o tango. Fosse que tango fosse, *La cumparsita, Mi noche triste, Flor de fango, Mano a mano, Adiós muchachos, Compañeros de mi vida.* Nasciam, *los niños* de Erosópolis, doutores em tudo o que se refere à difícil arte de Benito Ovidio Bianquet e Carmencita Calderón: a arte de conduzir o par como se os dois levitassem, como se um não tocasse o outro tocando-o, requebros de corpos dando a ilusão de prestes a se quebrarem, movimentos concomitantes, bruscos e lentos, paradas súbitas, pernas ultrapassando pernas num sincronismo de anjos arrebatados, porventura decaídos, coreografia de esplendor aristocrático e precisão acrobática, piruetas de pássaros pensantes diafanizados no espaço, adão e eva voejando, incandescidos de euforia, reluzentes de luxúria, talvez nostálgicos do primeiro paraíso: anatomias soltas no vácuo, filigranas de aves de Cupido, flanando, brincando, pintando o sete no ar, no chão, no chão, no ar, obedientes aos garganteios de El Marocho e aos acordes aguitarrados de José Ricardo, Aguilar e Barbieri.

Pois houve quem jurasse, com certo grau de isenção, mulheres sobretudo, que a beleza de Biá-Biazulmi, o sublime pé-de-valsa, o tanguista dos tanguistas, suplantava a de Vanusa e Vanessa, salvo que era beleza máscula, à Byron, se é que Byron não foi falso-à-bandeira, ou seja, bicha, fresco, xibungo, baitola, consoante alguns biógrafos com pinta de detratores. Ao passo que a beleza delas tinha ou continha o buquê, o dengue e o merengue que Deus nos ofertou, a nós, os barbadões, os barbudões, gaviões a um tempo perseguidores e perseguidos de hetairas, evoé, Baco, evoé! Com as devidas reservas deve ser por isso que depois que nos entornou queremos a qualquer preço tornar a ela, a essa taça de prazeres que não constitui outra coisa senão a literal porção do gênero humano peituda e com aquela rachinha penugenta na junção da forquilha, ó suavidade de garças, ó meu mundo de pentelhos, ó leveza de gazelas, meu travesseiro de orelhas, ó meu céu aqui na terra, ó graça feminil das filhas da mãe nascida de uma costela, a se crer no primeiro livro de Moisés. Tomara que a essa altura as diabinhas já tenham ultrapassado a metade varonil do rebanho do Senhor espalhado pelos cinco continentes, do que aliás as estatísticas mostram bom indício. Ótimo indício, mestre, se não mentem os jornais.

Então o homem mais moço suspende a narrativa, enquanto Valquíria passa, de volta à sua barraca, cabisbaixa, alquebrada, cara de réquiem, silhueta de viúva, embrulhada num esmorecimento de enterro.

— Pelas chagas de Cristo, não toquemos nesta tecla!

CAPÍTULO III

DE COMO A CONVERSAÇÃO SE TOLDA DE FUMAÇA, PATRIOTADAS VERDE-AMARELAS, LIBERDADE DE OPINIÃO E OUTRAS LIBERDADES, ENQUANTO OS INTERLOCUTORES METEM A LÍNGUA NO GOVERNO E PLATÃO ONDE PLATÃO NÃO É CHAMADO

O biófalo de Biazulmi acende um cigarro pensativo, dá tragada de tabagista crônico, anacrônico, sopra a fumaça de modo a envolver numa nuvem a admoestação do outro, e os dois se engalfinham em polêmica viciosa, mesquinha, daquelas que nem atam nem desatam, exercício de sofistas — difíceis de aturar.

— É falta de educação.

— O quê, mestre?

— Fumar. Além de suicídio, virou falta de educação. Nesse ponto pelo menos os vis mortais evoluíram um pouco.

— Evoluíram, uma ova! Onde está tua cabeça? O que virou moda foi a farândola de ex-fumantes convertidos em cruzados, em Torquemadas dos que se regalam a pitar seu cigarrinho. Por mim, foda-se o câncer, foda-se o enfisema pulmonar, foda-se o patrulhamento medieval e canceroso da saúde, individual ou coletiva. Afinal, onde fica a liberdade, o livre-arbítrio, a livre-escolha? O direito do cidadão vira pó, mestre, vira pó?

— O teu direito termina onde começa o meu. Ou: a tua liberdade acaba onde começa o meu direito. Sabe quem disse isso?

— Não, nem quero saber. Fartei-me dessa arenga no curso jurídico. Por sorte, esqueci o nome do autor, um bacharel à la Ruy, se não foi o próprio, o Barbosa, Águia de Haia, gênio da raça, o que quis ensinar o inglês na Inglaterra, veja: deitado eternamente em berço esplêndido, este país já pôs até a velha Albion no chinelo. Aduzindo que a Europa continua se curvando diante do Brasil, conforme propalam nossos deslumbrados ufanistas. Militares e civis. Em homenagem a eles, nunca deixei de mijar e estercar verde-amarelo. Em homenagem a eles, a mão no peito, um nó nas tripas, levantemo-nos e cantemos o "Ouviram do Ipiranga as margens plácidas..."

— "De um povo heróico o brado retumbante..."

— Bela voz, mestre! Mas, no que me concerne, o diabo da frase "O teu direito acaba..." etc. podia ser até de Montaigne, ou de Platão, ou de Sócrates, via boca da estrangeira Diotima, podia ser de Pausânias, de Aristófanes, de Erixímaco, de Fedro, de Agatão ou até mesmo do veado do Alcibíades...

— Embora me agradem ecos do *Banquete* e de Eros, exijo respeito para com o filósofo dos filósofos, filho. Afinal, a filosofia, e não apenas a filosofia, começa e termina com Platão.

— Não quis ofendê-lo, nem ao seu guru da Hélade, mestre, mas de leve lembrar que limpo o oritimbó com todas as frases feitas e autores de frases feitas, ou não-feitas, ou bem-feitas, ou até perfeitas, do mundo, La Bruyère, La Rochefoucauld, qualquer um. Pois, se o que o cara quer é esburacar o pulmão ou sentir com a metástase a dor violenta do tumor que o levará à cova, a dor que dizem só cessar a poder de morfina ou da gadanha da morte, o problema é dele, sim, senhor. É como dar o bozó, transar droga, chamar Aids. É isso o que ele deseja? É isso o que ele pretende? Ótimo. Maravilha. Que se inocule portanto de esperma e sangue, promíscuos, letais, a fartar, contanto que pague a conta e nos deixe em paz. Por vontade e gosto, podemos adverti-lo de que isto presta e aquilo não é justo, mostrar-lhe o que é edificante e o que é degradação. De acordo com o ponto de vista, a fé, o grau de evolução, a verdade que abraçamos. Compete-nos, em suma, mestre, ensinar a virtude, se somos virtuosos, nunca obrigar alguém a cumpri-la. Salvo as crianças e os doidos de pedra, aos quais às vezes não nos resta outro remédio senão impedir — inclusive à força, se for o caso — de se atirarem à fogueira, voarem pro precipício, indo direto pro beleléu. Mas,

— Por favor, evite lançar-me com acinte a fumaça em pleno rosto!

de volta ao fumacê: o que ninguém agüenta mais são essas campanhas de tevê contra o fumo, às expensas do governo, do Ministério da Saúde, que não cuida nem da própria, a malbaratar os impostos do zé-povinho, de permeio os recolhidos aos trustes da nicotina. E obram assim visando o quê? Ora, apenas para que a fauna burocrática lá de cima viva regalada sua vidona de gigolôs federais, no bem-bom e no melhor, e tome uísque, e champanhe, e caviar, e lindas festas e mulheres, ó almofadinhas chifrudos, ó sanguessugas do erário, fariseus e hetairas descarados. O difícil de suportar é o histerismo das velhotas, a baba envenenada dos ditadores de conduta, com a breca a ditadura da mídia. Se o fulano quer pular do vigésimo sexto andar, que pule do vigésimo sexto andar, desde que eu não o induza ao vôo voluntário e suicida. Mas não me venha enxerido ou puto qualquer pretender apará-lo e ampará-lo no ar em rede de admoestação, espetá-lo com o garfo enorme da censura. Nem em nome de religião, nem em nome de boa ação, pois se conselhos fossem de algum préstimo, ou a todo o preço rentáveis, decerto não os receberíamos de graça, porque os empresários, os novos deuses do mundo, já teriam estabelecido a Advice Trust Corporation, com ações na Bolsa de Londres e sede em Wall Street. Há sem dúvida os falsos filósofos, os negocistas da fé, a imprensa moralista e os livros de auto-ajuda, porém são tantos, e divergentes, que só os compra quem os quer, de bobeira, à livre escolha, por coitadismo ou babaquice. "Detesto tabaco, contudo defenderei até a morte o teu direito de fumar." O autor da frase, mestre? Voltaire.

— Voltaire?

— Sim. Voltaire.

A discussão prolongou-se nesta linha, até que o interlocutor recém-chegado conseguiu afastá-la com um sopro de bom-senso.

— Tudo afinal não passa de retórica, mestre, todas as coisas se resumem, ou se ganham, ou se perdem em conversa — o colega, contemporizador, assentiu. — Você próprio não me lembrou outro dia que, seja qual for o assunto, a sua opinião é tão boa quanto a minha!?

— É. Ou a minha quanto a sua.

— Tanto faz, mestre, Gog e Magog, Magog e Gog, às urtigas com a precedência, o burro que come o capim é o mesmo que o capim come, cada um canta como tem graça e casa como tem ventura.

Sorrindo-se a essas dizedelas da ralé, e com duas ou três bicadas na cerveja, o biófalo conseguiu retomar o relato acerca das proezas donjuanescas de Biá-Príncipe-Biazulmi, o homem que na prática sobrepujou as fantasias dos demais num raio de mil quilômetros ao redor de Erosópolis, em matéria de penetrar santuários femininos e tornar-se lenda viva, ai-jesus no sacrário das mulheres.

CAPÍTULO IV

ONDE SE INICIA A CONTROVÉRSIA DOS NÚMEROS SOBRE A ATIVIDADE COPULATIVA DE BIAZULMI, AO TEMPO EM QUE PONTIFICA REICH E TAMBÉM O PADRE MANUEL BERNARDES, ESTE REBAIXADO A UM LATIM DE SACRISTIA

Ainda que convocássemos os recenseadores do Instituto Brasileiro de Geografia e Estatística (IBGE), ninguém conseguiria apontar o número exato de boquinhas-de-cabelo tocadas pelo flautim-de-capa de Príncipe-Biá-Biazulmi, o erosopolino de apetite insaciável, de vela de são Priapo sempre pronta a acender-se e incendiar a gruta-de-amor das parceiras. Todas, moça ferrada ou predestinada ao ferrão, mulher bulida ou sujeita à bolinagem, pubescente ou balzaca, cabaçuda ou arrombada, núbil ou viúva, pudibunda ou sirigaita, as que o conheceram de cama ou de fama, de gandaia ou desejos de gandaiar — todas passaram o resto da vida a suspirar por ele, mesmo quando o barriguinha-de-veludo já tinha se mudado pra cidade dos pés juntos.

— Quantas? Afinal, sapientíssimo, quantas mulheres Biazulmi traçou?

— Calma, mestre. Chego lá.

Os algarismos brigam, os cálculos se desentendem, lançando os sectários em bate-bocas terríveis, nos quais se acusam, uns de elevação, outros de subtração no produto final da verdade. Os mais comedidos acoimavam os demais de trapaceiros, que manipulavam cifras a favor ou em detrimento do herói, porcos, cachorros, caterva de ladrões, e isso e mais aquilo, maçonaria de bichos peçonhentos. Tudo dito com essas expressões levemente educadas, educadas ao menos em relação aos dispostos a sair na porrada, gritando "Melhor cuidar de tua mãe entubada no bordel do que mexer com matemática, seu filho de guarda-noturno com piranha engalicada". E multidão de coisas e loisas de igual naipe e ignóbil baixaria, o que gerava inimizades ávidas de sangue, epilépticas de raiva, a ponto de colocarem Fulano a pique de mandar Beltrano promover-se a defunto. Enfim, mestre, tendo adotado a plataforma comum da desonestidade aritmética, os dois partidos se cobriam de razão, e enquanto os adeptos do herói alvejavam os desafetos com o labéu de invejosos, abriam o flanco à pecha de lambe-cus do libertino.

— O que a inveja, a velha rameira, não faz, hein, companheiro!?

De fato, mestre, a causa de tamanha vilania só podia chamar-se mesmo inveja. Inveja que vem a ser, sem tirar nem pôr, a crua e nua dor-de-cotovelo, no caso dos marmanjos, ou o despeito, que é um dos apelidos da serpente inoculadora de idêntica peçonha nas mulheres. Pelo menos nas que depararam as uvas verdes, ou seja, nas que não mandaram para dentro das caçapas pélvicas o taco do garanhão, que assim lhes perfurou apenas as mentes inundadas de lascívia. No geral e no íntimo, elas culpavam o tempo e outros acasos — um deles: a geografia

— por havê-las afastado da linha-de-tiro do homem que entre nós, quando nada entre nós, excedeu em feitos d'amor, acertou mais balas no alvo, balançou a roseira mais que o don Juan Tenório do bom Tirso de Molina. O bom Tirso que delas tudo manjava porque delas tudo escutava metido na pele e na batina do freizinho Gabriel Téllez, sacanólogo cardeal da confraria dos geniais disfarçado em teólogo da Ordem de la Merced. Em Espanha, mestre, em Espanha, prova de que em qualquer época e localidade do mundo prevalece a ilusão de que prazer é poder, sacanagem é cultura, e que cultura, meu preletor, que cultura!

— Faça o amor, não faça a guerra,

berravam os *hippies* alfabetizados dos anos 60, pena que Wilhelm Reich ande tão fora de moda. Pena. Logo ele que, na esteira de Platão, avalizado por Montaigne — "Faze aquilo para que és feito e conhece-te a ti mesmo" —, aviou uma das mil receitas de felicidade para o homem na terra: "Amor, trabalho e saber são as fontes de nossa vida; deviam também regê-la".

— Obrigado pela lembrança, fráter. Nutro igual ternura por Reich.

— Não precisa agradecer, mestre. A evocação corre por conta do rio, esse corpo liquefeito de algum deus.

— O Araguaia-Berocan. Um encanto!

— Ponha encanto no majestoso, ó esteta!

Das fontes primárias de pesquisa sobre com quantas fulanas Biazulmi compôs o animal de duas costas, uma é de pronto descartada, desprezível por si própria: os parentes. Sim, senhor.

— Perfeito, excelentíssimo. Pois de parentes só os dentes, e ainda assim mordem a gente.

— Não me interrompa, mestre. Continuo?

— Continua.

A parentada sempre se mostrou disposta e predisposta a avantajar as façanhas, já de ordinário espantosas, do magnífico defunto, a fim de usufruir-lhe sobejos da glória póstuma. Em especial o mano Josenildo, campeão de exageros, tão tarado por política como exímio em retalhar com tesouras de perfídia a vida da vizinhança. Contudo, ponderadas ao extremo, e nem por isso isentas de cabal suspeita, por culpa dos laços de sangue, Vanessa e Vanusa só falam do dom-juan, colocando-o nas nuvens, e acima das nuvens, se puxadas pela língua. E com grande relutância, Virgem Santa, com fino comedimento! Tribute-se tal discrição ao fato de elas possuírem luz própria — numa palavra, beleza. Beleza de mistura com o inato poder de seduzir que as irmãs do ex-gostosão reservaram e puseram ao desfrute exclusivo dos maridos, pois que deram em esposas honestíssimas, não obstante — quais vagalhões na preamar — as ondas de desejo que à sua volta suscitam. Ora, estou tentado a afirmar, mestre, que a beleza alcança um preço que nem o ouro suplanta.

— "A única beleza perigosa é a do corpo."

— De quem, mestre?

— O corpo?

— Não, a frase.

— Plutarco.

— "*Quid levius fumo? Flamen. Quid flamine? Ventus. Quid vento? Mulier. Quid mulieri? Nihil.*" Epigrama citado pelo padre Manuel Bernardes. *Nova floresta*. Confere, *magister*?

— Confere. Teu latim vai um pouco além da sacristia, inclusive na pronúncia. Mas, em caso de colocar isto algum dia no papel, traduza-o pro leitor, já que vivemos num país analfabeto, cara, do qual nos ufanamos — eu e o conde Afonso Celso.

— Então, *traduzco*, mestre: "Que é mais leve que a fumaça? O sopro. Mais leve que o sopro? O vento. Mais leve que o vento? A mulher. Mais leve que a mulher? Nada".

— E mais leve que o nada?

— Sei lá. Talvez nossa inteligência.

— Gostaria de ver o corpo de Vanessa e Vanusa. Juntas. Na cama. No chão também serviria. Por exemplo, na areia quentinha destas praias, a lua cheia por cima e só peixes nas redondezas, pondo a flutuar ao largo sua inocência de guelras.

— Deixa de ser libidinoso, mestre. Platonicamente libidinoso. Não pega bem, tratando-se de senhoras tão distantes e distintas.

— Passa uma borracha no que eu disse. Esquece.

— Esqueço.

CAPÍTULO V

ONDE ENTRA UM LENTE DE EXCELSO SABER E EXCELSÍSSIMAS VIRTUDES, OU SEJA, A MAIS PERFEITA CONCEPÇÃO DE CAVALHEIRO JÁ VISTA NA TERRA, MENCIONANDO-SE AINDA O NOSSO JEITO NELORE DE SER E A MAIOR PROMOÇÃO AGROPECUÁRIA DO PLANETA, NA QUAL SE SOBRESSAEM *AGROBOYS* E *GIRLS* NELORIZADAS. AS DISPUTAS DO SENHOR GOVERNADOR E DO SENHOR PREFEITO PELO TÍTULO, TREJEITOS E ATAVIOS DE CAUBÓI DE RINGO KID, SEM ESQUECER O FUTEBOL, PELÉ, O GIGANTE DO PLANALTO, OS POETASTROS QUE NÃO PASSAM DE VERMES ICONOCLASTAS, ALÉM DA INJUSTA E PREDATÓRIA HEGEMONIA DO SUL MARAVILHA, ALIVIADA PELA FEBRE DA MÚSICA SERTANEJA, CHAMADA ALEIVOSAMENTE DE BREGANEJA, QUE NÃO PÁRA DE ALASTRAR-SE

O outro filão a explorar para se descobrir a performance fornicadora de Biazulmi são os alfarrábios, repletos de garatujas, algarismos e anotações diversas, do estudioso Higino Paleólogo, o guardião da nossa verdade histórica, com incursões na préhistória. Presidente perpétuo — lá se vão quarenta e nove anos! — do vetusto Instituto Histórico e Geográfico, presidente de honra, desde Vargas ditador, da quase centenária academia regional de letras, superintendente de todos os museus, tanto da capital como do restante da província, e deão dos deões da universidade, generosidade chegou nele e parou. Aliás, incluindo as teologais e cardeais, as infusas e adquiridas, entre as virtudes desse *primus inter pares* a liberalidade não perde para nenhuma outra, exceto — com as devidas reservas — pra continência. Liberalidade acima de tudo no transmitir conhecimentos, pois Paleólogo se fez perdulário completo do saber. Na acepção real do termo, um perfeito varão de Plutarco, ornado de todos os encantos do caráter, e considere, mestre, que Jean-Jacques

— Rousseau?

— É,

talvez tivesse razão ao ensinar:

— O exercício da virtude eleva e robustece o gênio!

e note que estou reproduzindo com exatidão o que disse o francês, de acordo com o enxerto intertextualizado e berrado inúmeras vezes em discursos por um admirador e exegeta da obra do lendário Paleólogo, cinco anos mais moço do que ele. Não que o professor fosse de cabo a rabo, dos pés à cabeça — até o último fio de cabelo —, um santo, ou merecesse, sem mais aquela, ser canonizado em vida. Não, porque Deus felizmente não concedeu monopólio de santidade aos sábios, nem a tribo ou casta alguma, posto que angelitude, bem-aventurança e demais atributos divinos se encontram ao alcance de qualquer um, sobretudo dos ascetas, dos alquimistas, dos loucos e das criancinhas de colo. Ressalvando que, quanto a estas, em guarda, mestre!, contemos até dez, antes de avançar ou generalizar conclusões.

— Por que, companheiro? Não são angélicas as criancinhas de colo?

— São, mestre. Mas os adultos começamos a corrompê-las mal lhes botamos os olhos e as malditas patas em cima.

— Embora palpitante, proponho: deixemos tal assunto para outra ocasião. Fala-me de Paleólogo, irmãozinho.

Ao contrário de outros notáveis, asseguro-lhe, mestre, que Higino Paleólogo nunca foi um temperante radical, à altura pelo menos dos adeptos de certas seitas, que em público vivem esgoelando o nome de Jesus e brandindo o fogo eterno contra nós, cuja única chance de salvação — dizem — está em aderirmos à gangue dita cristã que comandam. Santo Deus!

Afável conservador, o professor Higino Paleólogo preferia refletir latinalmente que *in medio stat virtus*. Bolas, a virtude está no meio, e talvez por isso mesmo ele vivesse repetindo aos gritos, nos banquetes e na cátedra, outro mote em latim, que em bom português dá no seguinte: "Sou homem: não julgo alheio a mim nada do que é humano". Um verso de Terêncio, se não me falha a memória.

— Tua memória não falha. Impossível.

— Grato, *magister*.

Segundo Paleólogo, Machado de Assis citara a reflexão terenciana quatro vezes, de maneira tortuosa, incompleta. Menciono-o apenas para se ver como o conspícuo charlatão, ladino e latino, passava por erudito. Aliás, "viver é pensar" — *Vivere est cogitare* —, eis outro aforismo, este de Cícero, assíduo nas peças oratórias do augusto catedrático, que, voraz e maroto que nem gafanhoto, às escondidas expulsava a temperança, soltava o freio da libertinagem e uns tantos apetites, o que de modo irrefutável lhe explica a papada e o ventre avantajados. E também o olhar lúbrico de bode velho, a perfurar e a despir as mulheres que dessem as caras em seu aprisco. Todas, não escapando uma, mestre, fossem coroas enxutas ou ninfetas negligentes nos estudos, embora astutas e ávidas de notas altas nos exames escolares. E não poucas abriam as pernas para Paleólogo e outros lentes se desesperarem de lascívia e impotência, crucificados entre elas.

Provido, pois, de tamanha liberalidade, a par das outras forças morais, com afinco e paciência o celebrado, o ínclito Paleólogo estudou os nossos cristais de rocha e a genealogia da meia dúzia de famílias ilustríssimas, agropecuaríssimas, que sabem mandar e comandar esta província, a partir da jovem capital, que o prefeito anterior aliás teve a felicidade de apelidar de *Pérola Sertaneja* e *Princesinha* Country *do Brasil.* O símbolo que nos distingue é o berrante: com ele os mais tradicionalistas teimam em se comunicar, desdenhando o telefone, inclusive o celular, e demais engenhocas eletrônicas de última geração, que no entanto exibimos aos milhares para que nenhum canalha tenha o topete de nos chamar de antiquados, ou sequer insinuar que não estamos em dia e até mesmo à frente do progresso, abrangendo a internet e o *e-mail.* Os jovens ricos se designam entre si de *agroboys,* as moçoilas bem-nascidas, de *girls-nelorizadas.* Um luxo, uma ostentação de riqueza de invejar até os gringos. Podes crer, mestre, compomos a perfeita simbiose de primeiro mundo com o bucolismo da pastaria a perder de vista, o que nos torna gente única, pós-moderna e universal.

Conquanto por obviedade pejorativa não tolerem ser chamadas de vacas, várias matronas afazendadas se deliciam na intimidade aguardentada dos churrascos, quando os maridos, não raro com um tapa apoteótico nas nádegas, evocam e lhes comparam a antiga beleza com a esbeltez da fêmea zebuína eleita campeã em pretérita Festa Agropecuária.

Esse furdunço significa um desbunde completo, o qual, oficialmente, ocupa dois meses no calendário, embora na verdade dure o ano inteiro. Para nós constitui alegria tão avassaladora quanto o samba pros cariocas, o frevo pros recifenses e a *axé-music* pra baianada e os turistas em Salvador.

Difícil descrever, mestre, de tão supimpa e elaborada, a forma como nos vestimos por ocasião dos festejos pastoris: a caráter, à moda dos heróis e heroínas do velho Oeste americano, a começar pelo senhor governador e pelo senhor prefeito, que disputam, em páreo duro, renhido, o papel e a caracterização de John Wayne.

O perdedor — em geral e por motivos hierárquicos o prefeito — fica com o título, as vestimentas e os trejeitos de outro caubói importante, não obstante secundário em relação ao Ringo Kid de *No tempo das diligências.*

Em instante algum, sobretudo nos finais de semana, dispensamos o essencial dos atavios *country*, trepados nos cavalos puro-sangue que concorrem, revezando, com as caminhonetonas de cabine dupla, nas noites de forrobodó, à porta dos bares, restaurantes e boates. O lema que nos norteia, bolado pelo penúltimo prefeito, e afixado em cartazes nas ruas e em adesivos nos carrões — *Country, um jeito nelore de ser* —, deixa-nos impados de orgulho, estourando de contentes.

Contudo, ser xingados de caipiras seria torpe injustiça, que jamais toleraremos, visto que simplesmente procuramos manter as tradições, e ninguém ignora: "Povo sem tradição é povo sem memória, logo sem cultura, sem história", conforme proclamou o próprio Higino Paleólogo, em oração memorável, na qual lembrou repetidas vezes que temos à disposição e usamos, quando nos dá na telha, tudo que há de moderno e cosmopolita no mundo.

Graças a esse apego às raízes, formamos as melhores duplas de compositores e cantores de música sertaneja, que manjadíssimos bobocas e babacas, tão ignorantes quanto despeitados, alcunham de *breganeja*, *ianque-breganeja* etc., incapazes de perceber que o nosso senso estético universal soube aproveitar à perfeição as notas e a linha melódica da música *country* do amado Tio Sam, mesclando-as com as nativas.

Todo dia exportamos uma nova dupla, as rádios não param de tocá-las, as principais já ganharam a mídia nacional, incluindo programas de auditório no horário nobre da tevê. Se talentosos, os canários nascidos no planalto tornam-se milionários às duas por três: como por encanto, adquirem fazendas que de tão extensas apenas se deixam conhecer de avião, e cujas sedes hollywoodianas em datas festivas se entopem de artistas, não faltando as loirudas e morenaças que nos enchem os olhos e as calças via satélite, na telinha — minas que parecem feitas de açúcar e de sonho, corpos esculturais, rostos de vitrine. Vários possuem jatinhos e até helicópteros, não abrindo mão dos caminhonetaços e dos carrões esporte — santo Deus, cada modelo! —, quase todos importados. Um luxo sultanesco pelo qual muitos daríamos a vida, mestre, e alguns de lambujem entregariam a alma ao demônio.

Talvez decorra daí a ânsia de ficarem famosos que pegou como uma febre a maioria dos meninos pobres daqui, crioulinhos e não-crioulinhos, que vivem a exercitar, aos pares e em tempo integral, os solfejos, de início imitando as duplas de insofismável prestígio. De acordo com o que sugeriu Paleólogo no estudo sociológico *Música sertaneja: Genuíno fenômeno de massa, telurismo e força de um povo* — de que posso lhe emprestar uma cópia xerocada —, essa onda melômana fez declinar entre os jovens o interesse pelo futebol e, em conseqüência, o sonho de perseguir o destino e a sorte do rei Pelé.

No momento, a melodia de maior sucesso — um sucesso que estronda do Oiapoque ao Chuí, do Nordeste a Rondônia — pertence à dupla Mcdonald e Donaldinho. Narra uma agreste história de amor tumultuoso, eriçada de ciúmes, plena de reconciliações, suspiros e trança-pernas na macega, daí intitular-se *Entre sopapos, carrapatos e beijos.* Um primor que já rendeu a Mcdonald e Donaldinho, cognominados *Os Texanos*, dois discos de ouro e nove de platina, e só Deus sabe quantos milhões em dinheiro vivo de banco.

O segundo lugar nas paradas pertence a *Eu não sou cachorro não*, outro duo de amor meloso, de letra fácil e intensa dor-de-cotovelo, no caso uma dor gostosa, a se julgar pelo incremento no consumo de álcool, e também pelas brigas e acomodações de homens e mulheres, sobretudo nos puteiros. Essa música responde pelos cachês astronômicos cobrados pela dupla Joe Boiano e Jacupega, cuja agenda está lotada até o final do próximo ano, em incrível quantidade com rodeios, exposições agropecuárias, aniversários de cidades e beldades, comícios de políticos, bailes de misses e debutantes. O pagamento, adiantado, sempre se faz em dólar, *cash*, porque a moeda pátria adora flutuações.

Conto essas coisas com o fito exclusivo de o senhor ir se acostumando, mestre, aclimatando-se, assimilando os nossos preciosos costumes. E, outrossim, para que sinta a genialidade e o ecletismo cultural do professor Higino Paleólogo.

Ah, por que ele ainda não publicou o ensaio sobre a *country-music*?

Acho que por receio da musicista Verinha Valadares, que há pouco contestou a origem nativista de tais melodias, as quais, na opinião dela, além de indigentes, não passam de macaqueação *countryfied* dos ianques. Nisso a desmancha-prazeres da Verinha obteve o público embora discreto apoio da musicóloga Belinha Beladona, que estudou no Conservatório Nacional, morou em Paris, promove audições de Bach, Villa-Lobos e da Música Popular Brasileira, do samba tradicional à Bossa Nova, para alguns gatos-pingados metidos a cultos e cosmopolitas, entre nós. Belinha Beladona desfruta de prestígio em certos círculos, o que explica a prudência, o retraimento editorial do professor Paleólogo.

Mas deixemos de lado tão ridículas frioleiras, porquanto o que a rigor importa, do ponto de vista heurístico, mestre, são os trabalhos de levantamento dos feitos e a genealogia da meia dúzia de famílias nobilíssimas que nos comandam, de cujo meio e seio foram se destacando os compêndios em que Paleólogo perpetua as vidas dos protocidadãos e seus herdeiros, que construíram e continuarão construindo o que consideramos um modo glorioso de viver. Eles predominam em todas as esferas, políticas, marciais, religiosas, públicas e privadas — da cátedra à catedral, do magistério à magistratura, das secretarias de Estado ao alto mandarinato, além de luzirem com o brilho do astro-rei no parlamento e na Justiça. Mestre Higino já publicou acima de cem destas indispensáveis, posto um tanto massudas e calhamaçudas biografias, às expensas do erário. Cada uma delas contendo no mínimo quinhentas páginas, sendo que a sobre Ludovico Bulhões Caiado, estadista-mor, perfaz 1.854 páginas, in-fólio, edição *princeps*, letras miudinhas, título garrafal: *O gigante do planalto, vida e obra do desbravador e herói.*

— Ouvi falar dele. Do Ludovico Bulhões.

— Pois, pois. Viva a pátria e chova arroz!

Ludovico Bulhões Caiado nos governou com mão de ferro durante cinqüenta anos. Ou mais. Quando pessoalmente se cansava de chefiar o governo, escalava alguém que não levantava um dedo sem que ele, antes, dissesse "Levante o dedo, rapaz!", para ocupar-lhe por breves períodos o trono.

Diz-que, mercê deste e outros panegíricos, Paleólogo embolsa uma grana preta, oriunda de diversas fontes do tesouro provincial. Bolada aliás merecidíssima, não paire dúvida, ao menos nisso o Estado lhe compensa o dispêndio de neurônios — em que pese o veneno destilado contra a sua probidade pelos fedelhos intelectualóides, caterva de poetastros ignorada, talvez com inteira razão, pela política situacionista e o organismo burocrático cultural correspondente. Porque enfim se trata de um bando de bundas-sujas mal saído dos cueiros, que tem o desplante de meter a lenha na obra do insigne pesquisador, e tetetê, tererê, que o quê, nem sei o quê — que o seu trabalho carece de método, que o texto é ilegível, que os dados não são confiáveis, que o autor chuta mais que o artilheiro do campeonato nacional de futebol, que tanto lhe falta embasamento científico quanto lhe sobram servilismo e solecismos.

Que país, Virgem puríssima!

E não se pejam, os desta gangue verminosa, de entornar sobre a honra do venerável lente, sempre a distância, sacos de calúnia, baldes purulentos de inveja e ciumeira.

Toda vez, porém, que ecoa forte a assuada dos desmamados e desamados do poder (gente nova e malnascida que o tempo ainda não teve tempo de colocar no bom caminho), toda vez que o falatório recresce, a macróbia academia de letras oferece a Paleólogo um jantar de desagravo, a que os jornais e a tevê dão grande destaque e ao qual comparecem as altas e dignas autoridades, entre elas o governador. O que deve elevar a um grau insuportável a raiva e a impotência dos iconoclastas.

Pena continuarmos sendo um estado periférico, atingido em cheio pela maldita discriminação ou ditadura do que chamamos eixo Rio-São Paulo — ditadura ou discriminação reinante em todos os setores, englobando a mídia e as casas editoras. Do contrário, o injuriado (apesar de desagravado) professor Paleólogo já teria alçado outros vôos, vôos de águia, mestre, conquistando nomeada nacional.

Deix'estar! O reconhecimento um dia chegará, póstumo que seja, assim que tivermos reduzido a pó a injusta hegemonia dos sulistas.

Neste porvir, que a passos rápidos se avizinha, o nome do professor Higino Paleólogo há de alastrar-se pátria afora, oxalá com repercussão no estrangeiro.

— Positivo. Mas o porvir pode ser antecipado, não, colega?

— Antecipado, mestre?

— Sim, antecipado. De repente, num abrir e fechar de mão, pumba!

Com força de tufão ou terremoto, eis que eclode em volta reviravolta histórica, total, inesperada. Aí, babau injustiça, adeus inversão de valores! Afinal de contas, *baby*, as mudanças hoje se produzem em escala inimaginável, máxime aos olhos de nossos avós cardíacos, que confrontados com elas de pronto sofreriam segunda morte por infarto do miocárdio, caindo para trás, durinhos da silva, em repeteco duplamente doloroso. De um lado, doloroso pelas lágrimas, o desespero, a agonia, o ranger de dentes e o arrancar de cabelos da praxe, durante o velório

— Oh, tragam o médico.

— Calmantes fortes pra viúva.

— Desse jeito a coitada não resiste.

— Se consome, se acaba.

— Viu? Eu, não. Ninguém jamais conheceu, conhece ou conhecerá irmãos tão unidos, compungidos, dilacerados na dor.

— Que sofrimento horrendo! Quão querido era o finado.

— Etc. etc.

De outro lado, doloroso por causa da conseqüente e subseqüente briga da prole pelos bens do *de cujus*, no decorrer do inventário, cada parente querendo comer o fígado do outro parente, depená-lo, vê-lo despossuído, quer dizer, ferrado — e bem ferrado — nas varas de família, os advogados, urubus, em torno, dando bicadas na carniça fedorenta da herança.

— A sagrada família sacralizou a propriedade, mestre?

— Família e propriedade se fundem e se confundem, filho. Não são sinônimas, mas quase. Farinha do mesmo saco. Folhas do mesmo galho. Galhos da mesma árvore.

— Genealógica, ginecológica, sifiliticológica.

— Eis uma adjetivação não política, contudo gonococicamente correta, mestre, para a árvore que, pluralizando-se, compõe o labirinto de ramos, a floresta das relações sociais e interpessoais.

— A árvore à sombra da qual machos e fêmeas se enlaçam, se entrelaçam, e a cuja copa os homens ascendem, a fim de ditar de viva voz as normas patriarcais.

— Hoje nem tanto, caríssimo, porque a Rede Brasil-a-Mil-Globalizado de TV chamou a si e detém de fato o *pater familias*, o *pater* poder, que, estendendo-se, forma o pátrio poder, numa palavra, a cabeça pensante da família nacional.

— Olalá! E ela, a Brasil-a-Mil-Globalizado de TV, sedutora, imagética, colorida, promove e provoca as mudanças.

— Exato. Provoca e promove. Dia e noite. Noite e dia. E, com tal onipotência, onisciência, onividência, onipresença, que as tais mudanças, extensas e intensas, se sucedem, produzidas em ritmo vertiginoso, frenético, às vezes subliminar — neste caso, o melhor exemplo é o *merchandising*. De maneira que, não raro, nos pegam desprevenidos, nos pegam a mostrar aquela cara de tacho de burro olhando pra palácio, quer dizer, sem entender patavina, num primeiro momento. Isso em todos os setores.

— Em termos de rapidez, instantaneidade, na progressão dos contatos, ou troca de informações, assistimos a um milagre de causar sapituca de inveja em dúzia e meia de santos. Ainda mais depois que a tevê se aliou à internet.

— Eh, eh, nas comunicações, um troço de arrepiar. Se pretendemos ficar à altura e atualizados, tratemos de pedir penico e auxílio a todas as potestades. Assim sendo, valei-nos, são Bill

Gates! Apóstolo Roberto Marinho, tende piedade de nós! Socorro, socorro, socoooooorro, iluminados seres televisivos e virtuais do universo! Oh, a televisão e a net, portentosas geringonças eletrônicas, puseram o mundo de cabeça para baixo, numa enrascada medonha. E —

conquanto tal mundo seja o *chat* dos chatos, e o deleite dos macacos e macacas de auditório;

conquanto a Brasil-a-Mil-Globalizado de TV faça e desfaça, mande e desmande, mande e comande — basta enumerar: põe e depõe presidente da República, vilaniza o herói, heroíza o vilão; o fulano que hoje é santo amanhã vira herege, a seguir volta a ser santo. A Rede impõe e vicia-nos no mais desbragado consumismo, a ponto de multiplicar por milhões, durante o dia e à noite, modorrentos ou em vigília, nossos sonhos de consumo — e, na maior: um consumo padronizado (quer exemplo? veja um exemplo: se ela repetir, em especial no horário nobre, que bosta de porco esfregada no corpo rejuvenesce, quatro quintos da população entram de imediato a criar porcos, multiplicam-se de engasgar calculadoras os chiqueiros, e — ó Deus! — haja saco para aturar cretinos testemunhando que a pele ficou lisinha e médicos azafamados em receitar o placebo de pocilga da eterna juventude; não bastassem tais prodígios, visando o bem-estar geral, a Rede controla o fluxo e o curso dos acontecimentos, adianta e atrasa o calendário, usos e fusos horários; por sugestão, indução ou imposição, cancela ou agenda eventos, públicos e privados, individuais e comunitários, conjugais e esportivos, no nobilíssimo intuito de planejar a vida dos compatriotas, acoplando-a à sua programação, que aliás não engana ninguém: precede-a farta divulgação, inclusive nos jornais; sem esquecer que a Brasil-a-Mil mete as demais tevês no chinelo, pois além da melhor imagem do planeta tem afiliadas em todas as bibocas do país, coadjuvadas por um sistema radiofônico sintonizado até em buraco de tatu, no qual se destaca a nossa querida PYW-407, "a emissora do presente ligada no futuro" — e por aí vamos que vamos progredindo, quer dizer, vamos nessa que é bom à beça;

conquanto, segundo já referido, tevê e net tenham padronizado os costumes, impondo-nos posturas e imposturas, moda e modos de agir — falar, ver, escutar, comer, vestir, andar, dormir, defecar, bailar, odiar — e odiar com a boca cheia de amor, doce amor, louco amor, emporcalhado e salivado amor —

não há escapatória: este é o mundo que nos coube, este é o mundo que habitamos.

— Não agregue adjetivos ao amor. Desde que o conspurcamos, o maculamos, o desvirtuamos, de amor, nas relações humanas, resta apenas o vocábulo. Oco. Oco.

— As palavras designam coisas, mas estão longe de ser as coisas que elas designam. Quanto ao oco, inexiste.

— Inexiste. Sem embargo, mestre, veja o misto de pantomima e ópera-bufa dos casais, divertindo-se e divertindo a platéia, nos circos sociais e familiares. Que graça — mambembe, de mamulengos — fitar Manezinho e Manezinha agarrando-se, a gastarem o tempo a sussurrar, a gritar

— Te amo,

— Te amo, de montão e de paixão, *benzim*,

— Hora de *fazer amor*, benzão.

— *Fazer amor*. Que loucura! Como se amor fosse algo que se pudesse fazer.

— E sempre trepando, a dupla de manés-mijões — no que aliás age com donaire e inteligência —, embora ambos estejam espetados até o talo, trepando mas trepados e estrepados no espinheiral de santa, beatífica ignorância, no que concerne a amor.

— Ahn-rã?

— Ou por outra: ao falarem em amor, em tal tom e bom som, invertem e subvertem-lhe o significado, isto é, transformam a palavra *amor* no contrário do que exprime, posto se acharem — os que em vão a proferiram — repletos de conflitos, de querenças e carências, de ciúme e de culpa, de ódio maldisfarçado e mecanismos de controle. E em total inconsciência de que apenas transferiram amor, agora meramente uma palavra, para o léxico dos prazeres, para o mundo dos desejos. Visto não se darem conta, abelardos e heloísas, da absoluta incompatibilidade de amor com desejos e prazeres.

— Ponto pacífico, mestre: prazer não vive sem dor.

— Não vive. Os dois são unha-e-carne. Faces da mesma moeda.

— "A luta para repetir e perpetuar o prazer o converte em sofrimento", não me lembra quem o disse, todavia alguém o disse. E o disse muito bem.

— Indassim, não tentemos reprimir — nunca, nunca — desejo e prazer. Cumpre encará-los. Com destemor. Em suma, vivenciá-los, sem no entanto lhes conferir poder, poder de vida sobre nós. Até o dia em que consigamos transcendê-los. Por quê? Simples: o mundo dos desejos é humano, demasiado humano, para que o suprimamos de chofre, a não ser que, atingido o nosso *momentum*, estejamos para tanto preparados.

— *Demasiado humano*. Batendo de Nietzsche, hein, maninho filosofante!?

— Neca de Nietzsche, mestre, uma vez que a questão se liga por inteiro à ontologia, sobrepujando razão e dualidade, o que constitui o único assunto importante e relevante, no momento. Nietzsche fica para outra ocasião.

— Amor é incondicional, dizíamos.

— Incondicional e total. Não é o oposto de ódio — aliás, não tem opostos —, não reconhece conflitos, não se prende ao passado, não se estende ao futuro: acha-se sempre no agora.

— Isso nos lembra o quê?

— Que o tempo não vai além de convenção, mera e reles invenção do homem.

— Amor, portanto, é universal.

— Universal, sim, pois jamais estabelece vínculos, nem laços, nem primazia. Amor — repito — exclui adjetivos, em particular um — *especial*. Criatura alguma deveria considerar-se *especial* para alguém, ou julgar alguém — seja quem for — especial para si, já que ninguém é especial. Entretanto, eis o que praticamos de contínuo, o que nos põe, baratas tontas, entre apego e carência, autopiedade e sofrimento, marombando na hipocrisia, base da fé e das religiões formais.

— Do cristianismo, inclusive?

— Do cristianismo, inclusive — o cristianismo que os vendedores de crenças e as igrejas inventaram, e que professam dentro e fora dos templos, não o do Cristo real. De tão anticristão, tal simulacro nem sequer necessita ou solicita que o aprisionemos em aspas.

— Por quê?

— Ora, porque lançamos na fossa dos excrementos o mandamento sagrado: "Amar a Deus sobre todas as coisas e *ao próximo como a si mesmo*". *Primo* sem *secundo*: não há e não pode haver um próximo *mais* próximo que o outro — nem a mãe do filhinho, nem o filhinho da mãe, nem papai, nem vovô, nem

— Ai-jesus, meu netinho!, quão fofinho me saiu!

nem irmãozinho, amigo e similares, metidos no saco sem fundo da posse e do egoísmo, debitados e creditados na ilusória, imaginária conta dos *nossos*: o *meu*, o *teu* etc.

— *Nossos* entezinhos queridos!

— Que merda, mestre, ou melhor, que divina ironia: os *nossos* que não são nossos, que nunca nos pertenceram, que nunca nos pertencerão.

— Nunca, a não ser por delusão.

— Veja as mães, por exemplo. Pretendendo-se proprietárias dos pimpolhos, a fim de preservar o seu bebê lindinho elas são capazes de sufocar, esganar, matar, queimando-os vivos, trezentos bebês lindinhos nascidos de outros ventres.

— Se isto não for loucura, me chamem de Hitler, Eichmann, Pinochet.

— A mim também.

— A mãe, mestre, ou a babá de qualquer genocida, observando-o de passagem, inadvertidamente, dormindo, na certa exclamará, siderada, embevecida: "Que anjinho inocente. E a humanidade, safada, ainda calunia o neném".

— Credo! Pura verdade. Contudo, diga lá: que têm a tevê e a internet com isso?

— Muito. Pois propagam e incrementam a insanidade, reforçam e estandardizam a estupidez. E, em vista da irrealidade do pecado, o que prolifera no mundo são erros, oriundos da ignorância, apenas da ignorância, à espera de correção.

— Se brincar, além de eliminar as distâncias, net e tevê, reunidas, converteram-se na consciência do homem. E não porque o mal lhes seja intrínseco — ocupam o pódio das louváveis, meritórias invenções —, mas devido à perversa maneira com que as utilizamos.

— Fique tranqüilo: conquanto façam a cabeça das pessoas, jamais substituirão a sua consciência. Impossível.

— Sempre antenado, hein, mestre? Não obstante, os panacas da universidade local, menos este curiboca que vos ouve e vos fala, acham você desligadão. Desligadão, uma ova!

— Uma ova! De mais a mais, mesmo que me considerem adventício obtuso, e ainda por cima com ar de besta, manezão, uma coisa eu garanto: nasci curioso. Nasci perto daqui, do outro lado do Paranaíba, nas Alterosas, você sabe, estudamos no Bonfim, tão distante do meu quanto do seu torrão natal, acabei em São Paulo, onde me dei bem no magistério federalizado que agora nos une e reúne na bela capital desta província, a crescer como um inchaço no novo Oeste americano. Um nadinha menos jovem que você, nasci curioso, repito. Curioso feito um corno. Dissimulado, matreiro, enfronho-me, xereto, presto atenção nos detalhes, conterrâneo, pelo que a pouco e pouco consigo ir me inteirando dos babados da terrinha que me adotou e adotei. Esse touro Al Capone, por exemplo — buzine-me logo na orelha as novas sobre ele.

— Qual! Me gozando? Aposto que o mestre leu, releu e tresleu a reportagem de ontem na *Gazeta do Planalto*. Por sinal, um magnífico trabalho de recortagem da Gilete Press, a doméstica porém notável agência de notícias de que, assiduozinho, se serve o fabuloso periódico planaltino. Que, no caso, copiou, chupou a matéria completinha da revista *TV — A Rede & Você*, de difusão nacional. Viu?

— Por alto.

— Aqui, ó! Tou acordado.

— Fale-me, com o máximo de pormenores, do touro, amigo. Suplico. Exijo.

— Argh! Ainda que corra o risco de exibir ares de majestade perante sua alteza real, à laia de bobo da corte, ou de ensinar pai-nosso a vigário experiente, paramentado, na missa, obedeço, capitulo, rojo-me aos pés de meu amo. Falo do boi. Al Capone.

— Então, fala.

— Touro Al Capone mostrou de chegada o cartão de visita, pondo as cartas na mesa, como que dizendo "Sou de arrasar quarteirão, vou botar pra derreter, cambada de sem-vergonhas". Ou melhor: já chegou botando banca, mestre, aquela banca de César, Júlio, arremessado da Gália, sem tirar nem pôr, a berrar: "Vim, vi, venci". O carão virado pro céu, arregaçada a beiçorra, conforme vimos, parece mugir e ecoar das fotos, medonhas fotos, a advertência: "Bicho algum ouse me ver com olhos de vaca laçada. Não dou moleza a ninguém, homem ou lobisomem. Comigo não tem aquilo de conversa pra boi dormir, nem palhaçada de peão manter-se esperto e desperto em meu lombo, nos rodeios. Tampouco adianta locutor — aquele tipo manjado de veado de voz grossa, potente, melosa, melodiosa — ensalivar microfone, ouriçando a platéia, a gritar: 'Seeeguuura, peeeãooo!'. O peão não se segura. Montou, rodou, dançou: atiro tudo no chão".

Cabe esclarecer, mestre, que sendo nosso, daqui, o touro tem tudo a ver com esta estória, com a nossa história, centrada e concentrada em Paleólogo e êmulos paleológicos, em Biazulmi e derivados — por herança, imitação, quem sabe por osmose — levemente e levianamente principescos, biazulmínicos.

— Tudo a ver, lógico. Mas, como língua não tem osso, você fala e eu ouço, e perguntar não ofende, responda-me: por que o colega se mostra tão cheio de dedos, tão ansioso por explicar a obviedade do óbvio? Arrisco um palpite: medo de, caso venha a meter a presente conversa em letra de forma, algum crítico cricri — descendente por exemplo daquela família alcunhada de Lingüística, da qual fazem parte uns parentes que repetem, repetem, que parecem galinhas com gogo de tanto regougar a única bobagem decorada de Lacan: "O que não é nomeado não existe" —— medo, em suma, de que um dos tais venha berrar na cátedra ou borrar papel com argumentos de que este capítulo ficou extenso e extensivo, extensivo e excessivo, excessivo e evasivo, visto que, tarará, tarari, tarari, tarará, Lacan pra cá, Lacan pra lá, "Que loucura, meu! Esse touro e a tevê e a net jamais deviam ter entrado na narrativa, quebram o ritmo, colocam o Príncipe Biá-Biazulmi e suas mulheres fora de foco, Deus os fez mas vá agora saber-se em que espelunca ficcional o diabo os juntou. O autor com certeza é maluquete, talvez egresso do hospício de Barbacena". Enfim, seu Serafim, o negócio é assim: nós conhecemos as peças.

— Se as conhecemos, melhor esquecer o tabuleiro, não entrar no jogo deles.

— De acordo, sábio dos sábios: deixemos o pessoal da Lingüística e Lacan linguistando e lacaniando pra lua.

— Continuo?

— Continua.

O touro foi anunciado pela Rede Brasil-a-Mil-Globalizado de TV como o próximo herói nacional, quer dizer, o galã da novela das oito, ano que vem, o que mata de inveja — né, mestre? — centenas de homens e mulheres que almejam o estrelato na Vênus colorida. Porque, *ipso facto*, Al Capone não terá somente os seus quinze minutos de fama, consoante sucede com muitos papagaios e papagaias de pirata, na tevê. Deputados, inclusive. Madames do soçaite em profusão. Não e não, renão: sendo o contrário do aspone, veio pra ficar, o Al Capone. Para o que lhe sobra cacife, mermão.

Sem esconde-esconde, sem meias palavras, sem pororó-pororó, mestre, mato a cobra e mostro o pau. Veja: cito parte do texto que a *Gazeta do Planalto* chupou da revista *TV — A Rede & Você* — e como chupa gostoso e gozoso, de lambrecar a calcinha, a *Gazeta*! —, editando-o com espalhafato e chamada de primeira página: "Cruza das raças simental e nelore, considerado perigoso e imbatível por todos que o enfrentaram até hoje, o touro personifica o Mike Tyson dos rodeios. Supera, aliás, em força, ousadia e coragem o campeão de pesos-pesados Tyson. Com preço fixado em dólares, em virtude do vigor e estabilidade da moeda do império americano, ele tornou-se, disparado, o mais caro touro do mundo. Al Capone anda pela casa dos sete anos de idade e pesa acima de uma tonelada. Ao estrear há dois anos na cidade em que nasceu, Verdes Rios, Centro-Oeste, nestas plagas, coração do Brasil, Al Capone de cara derrubou os três peões que se atreveram a enfrentá-lo".

Adquirido pela Companhia Deuses do Rodeio, encontra-se agora em Jaguariúna, São Paulo, onde, nem bem chegara, em rodeio badaladíssimo, usando e abusando de um dos seus recursos mortíferos — o pulo alto e certeiro —, conquistou o título Arena de Ouro, ao cobrir de pó, sangue e opróbrio peões de renome transnacional.

Classificam de impressionante — deixando de boca aberta mesmo os cubanos de Fidel — o esquema de segurança que o protege.

— Idêntico ao do papa?

— Sei lá. Em compensação, decerto maior que a segurança de alguns antros noturnos, boates e inferninhos, habitats da fauna beberrona e carente — carente na pior acepção, posto ser carência em qualquer sentido privativa de coitadinhos —, daí ficarem entupidos de putas, lalaus, rufiões, otários, vigaristas, valentões — enfim, toda classe de malfeitores que os leões-de-chácara vigiam e controlam. Porventura análogo aos serviços de segurança de governadores de províncias periféricas, tipo a nossa, Piauí, Ceará e congêneres. Claro: sem faltar com o respeito para com as supraditas províncias, o que se estava bem implícito ficou melhor explicitado.

— Ok. Adiante.

— Para cuidar de Al Capone selecionaram e contrataram um batalhão de veterinários, além de clínicos em geral, ou seja, médicos mais ou menos humanos, cientistas, engenheiros genéticos e outros bichos, exceto dentistas, devido ao fato de que, por amor à vida, nenhum odontólogo se mostraria tolo o suficiente para meter mão e boticão naquela bocarra tão feroz e atroz quanto a porta escancarada do inferno. Por previdência, incorporaram ao corpo de facultativos quatro fisiatras, que acompanham a intensa maratona de exercícios diários a que se submete o touro. No item alimentação balanceada, constitui espetáculo à parte ver a azáfama e o requinte com que a criadagem o mimoseia. Jogando por baixo, mestre, eis algo comparável ao que realizam os serviçais para alegrar o estômago do primeiro mandatário da nação e convidados, em dias festivos, na Granja do Torto ou no Palácio do Planalto.

— Supimpa. Merecidíssimo.

— Devagar com o andor, mestre, porque nem sempre touro Al Capone caminha com vento e maré favoráveis, nem a todo momento se vê exposto a unânimes tiros de inveja.

— Por quê?

— Ora, mestre, porque há um busílis, um senão, uma singularidade com este touro, que a jornalista-assessora Vacana Guzerá — fazendo biquinho, cara de choro e suspense — se recusou a esclarecer: a solidão. Touro Al Capone é um solitário consciente, carrancudo, irremissível.

— Um misantropo?

— Da cabeça aos pés.

— Mau, mau.

— Quando não se encontra trabalhando ou recebendo cuidados, touro Al Capone isola-se, não se mistura com outros bois.

— Nem com vacas?

— Também não. Passa o tempo ocioso quieto no seu canto, ruminando, parecendo eremita, oxalá filósofo pessimista da Hélade dos pré-socráticos.

— Epa! E se, por destino ou maldição, o touro virou o disco? Se, apesar de ferrabrás, for meio aveadado?

— Nunquinha. *Item*: difícil conceber um reprodutor, por mais tarado e depravado, que reúna coragem para rabear Al Capone, a estrovenga em riste, a pique de enrabá-lo. No mínimo, o ativo temeria a desforra, no caso de ulterior arrependimento de Al Capone. Ademais, quem o conhece reconhece que Al Capone não leva jeito pra baitola. Impossível, pois, tecer conjecturas de maricagem do touro.

— Impossível? Ora, impossível é Deus pecar ou rato construir ninho em orelha de gato. Lembra-se do que assoalham sobre alguns machões da cidade dita especialista em giletismo no Brasil?

— Fica em qual região esta cidade? Norte? Sul?

— Esqueci.

— Faz bem à saúde esquecer. Às vezes.

— Faz.

— O machão de dois metros de altura, enorme guarda-roupa, peito de aço, voz de trovão, a estrondejar valentia, e bigode de guidom?

— Este.

— Que, além disso, de dia cavalga todas as mulheres — se você acreditar, de fato ele as cavalga —, mas de noite, na calada, desmunheca, solta a franga, cai de quatro, deixando-se entubar, a pedir que o chamem de Rosinha.

— Por favor, mestre, não queira comparar Al Capone ao dom-joão-dona-joaninha sobre o qual rolam — contadas em aritmética de bar — oitocentas e dezesseis piadas por esses brasis afora, sem computar a última que acabam de inventar.

— Não comparo. Mas, e se o boi for boiola ou meio boiolado?

— Com seiscentos mil demônios, mestre! Não me venha de novo com trocadilhos rasteiros.

— Perdão. Não perderás por isso o casamento! Fugiu daqui quem falou. Agora, pergunto de outro modo, isento de truanice e galhofa: e se o touro alistou-se no exército dos misóginos?

— O quê? Ouvi direito? Misógino, mestre?

— Não. Por amor de Deus. Onde estou com a cabeça? Misógino aplica-se a homem, bolas!, a homem que nutre ódio ou aversão por mulher. Em questões tourais e de vacaria, há de calhar... Bom, há de calhar *misovacógino*, para figurar o boi que corre às léguas, evitando afogar o ganso na vaca. Talvez Al Capone cultive o gênero misovacógino. À semelhança daquele touro charolês francês, o Alandelão-de-la-Patrie, o bonitão que fez feio — papelão dos papelões! borocoxô, borocoxô: broxou — ao defrontar uma vaca assanhadíssima, caidinha por ele, na Bahia, conforme a estória posta em livro por João Ubaldo Ribeiro.

— Negativo. Fora com João Ubaldo, Alandelão e similares. Em primeiro lugar, porque a broxura do touro charolês francês do Ubaldo resultou de deformação profissional — manipulação para fins de inseminar artificialmente a elite da vacada. Argumento dois, mestre, irrespondível, definitivo, tão definitivo que sepulta o assunto, lançando pá de cal, dando-lhe o tiro de misericórdia: Alandelão-de-la-Patrie é, com todas as letras, ficção. Logo, patarata, patacoada, mentira gorda e calva, manifesta e deslavada, criação do João Ubaldo. Ao passo que a nossa, a história de Al Capone — história com *h*, não estória, ora, ora! —, exprime a verdade, nada mais que a verdade, a simples e essencial verdade, comprovada pelos fatos, registrada pela mídia. Ou por acaso nos inclinaríamos à mentira, mestre?

— Tá maluco? Ficcionista mente tanto quanto pescador. Mentir — convenhamos — constitui o ofício deles. Nós, não. Benza Deus! Nunca mentimos. Nunca.

— Obrigado pelo que me concerne.

— Não há de quê.

— Agora, duas ou três asserções adicionais e finais a respeito de Al Capone. Quer ouvir?

— Quero.

— Outra característica de Al Capone, mestre, toca as raias da crueldade: mal derruba o peão, o touro oriundo desses gerais parte com tudo pra cima dele, a pisar, a chifrar, determinado a machucar, estraçalhar, triturar, matar o atrevido que há pouco tivera a petulância de depositar a bunda no bem-bom do seu costado. Que o diga Ed Camino, o atual campeão de touros em Las Vegas. Eis Camino, depois de defenestrado do que imaginou ser um trono — as costas de Al Capone: supercílios rompidos, omoplatas partidas, perna direita quebrada em quatro ou cinco pedaços, quarenta e sete dias de hospital, escoriações e contusões emendando-se, corpo bordado de cicatrizes, e por fim a declaração peremptória: "Trepar novamente em Al Capone? Nem que a vaca tussa, irmão! Aliás, me dou por aposentado". Sem embargo, Camino não pára de rezar, as mãos erguidas pro céu: só não foi tomar-a-bênção-a-são-Pedro por graça e obra de Deus.

Vacana, a assessora, revela ainda: "Apenas um competidor conseguiu parar durante quatro segundos no dorso de Al Capone: Léo Carrasco de Marruás, o Incrível. Ao dar no chão com o Incrível, Al Capone o olhou de fito nos olhos, na certa para gravar-lhe a fisionomia, visto que, no mês seguinte, em outra tentativa, anunciada como revanche, nem bem montou Léo espatifou-se na arena. Furioso, Al Capone multiplicou-se em coices e chifradas — más línguas sussurraram que inclusive arrancou um a um os cornos postos na testa de Léo pela santa mãe dos herdeirinhos do Incrível. Tantos coices e chifradas que o coitado do peão, após três meses de UTI (Unidade de Terapia Intensiva), a respirar por aparelhos, e um ano hospitalizado, foi declarado tetraplégico, impossibilitado de locomover-se até soar o momento de acampar no cemitério".

— Al Capone vai entrar no *Guinness book*?

— Que dúvida! Já foi proposto e aprovado. Comentam que o presidente Bush pretende visitá-lo.

— Li a respeito nos jornais. Por enquanto a Casa Branca não emitiu desmentido ou comentário.

— E o presidente de vocês, o Lula-lá-lá?

— Falam que visitou touro Al Capone três vezes. E o visitou pé ante pé, no sapatinho, na moita, na caladinha da noite, a murmurejar com voz rouca: "Maneiro, maneiro, vou que vou, companheiro, a maquiavelar. Pois pra chegar aonde cheguei, à esquerda e à direita driblei, sem perder de vista a meta: me eleger vosso deus-rei. Dito em outras palavras, outrora de profeta: fiz tchaca tchaca na butchaca dos proletas, e hoje sou o tal, em lua-de-mel com a elite, nos braços do capital. Al Capone, touro, meu touro, vencer é nosso lema comum. Você na base da raiva, da sanha, eu com a manha de Garanhuns". Enquanto recitava o seu cordel, decerto para ter Al Capone como cabo eleitoral, o presidente não parou, furtivo e esquivo, de agitar a bandeirinha do PT.

— PT? *Pot de chambre des Tartuffes*? (Quero dizer: *penico — vase de nuit*, urinol mesmo, parceiro — mas de tartufo a tartuficar no poder.)

— Nada disso, mestre: Partido dos Trabalhadores.

— Ah, bom. E o touro?

— Colocaram mais lenha na fogueira. Lembra a última?

— Qual?

— Em São José do Rio Preto, ao abrir-se o VII Rio Preto Rodeo Country Bulls, o diretor de *marketing* da Companhia Deuses do Rodeio, desafiante, ofereceu: "Dez mil dólares para o peão que lograr permanecer cinco segundos em cima de Al Capone".

— Alguém topou o desafio?

— Dois. Os campeoníssimos Jack Durão na Queda e Ney Lore Verdugo de Touro toparam. No ato.

— Resultado?

— Al Capone expeliu Jack num átimo, Jack deixou o redondel de padiola, com três costelas moídas e o cóccix esmigalhado. Ney Lore Verdugo de Touro não suportou o bote: esborrachou-se, jenipapo podre

ploft!

no chão,

a babar, a gemer, a berrar, delirando: "Ai, ai, mamãe. Mamãe, a morte me agarra, a vampira me suga o sangue, teu filhinho tá morrendo, teu filhinho vai morrer".

— Morreu, o campeão, de cagaço?

— Não. Desmaiou. Mas antes encheu as calças até o cós, sem falar nos filetes melequentos, diarréicos, a escorrer pernas abaixo, ensopando-lhe os pés. Teria passado três dias com as tripas pelo avesso. No hospital. Que vergonha. Vergonheira. Das de pensar em dar tiro no ouvido ou sepultar-se vivo, num oco.

— Quanto tempo esse moleirão famoso resistiu no costado de Al Capone?

— Muitos, da platéia, juram que nem o viram montar.

— E em Barretos, a maior festa de peão da América Latrina?

— América Latrina, mestre?

— Ou Latíndia. Tanto faz.

— Em Barretos, covardia, mestre, covardia! Os cronômetros até pararam, de medo de registrar. Um melê, um melelê, um fuzuê dos trezentos. Al Capone mostrou-se perfeito, se há perfeição em crueldade. Al Capone deu um vareio. Al Capone reinou soberano. Soberaníssimo. Hitleríssimo. Gengiskhaníssimo. No que concerne às vítimas, à peonada — e para lá acorreram os bambambãs, os principais —, uma tristeza, de chamar lágrimas aos olhos, de ferir o céu com gritos. A tal ponto que um promotor de Justiça tentou aposentar Al Capone, proibindo que o montassem.

— O ministério público quis proibir o touro-herói de competir?

— Não só de competir, mas de ingressar na arena. Bom frisar que — malgrado o episódio não se associe à ação do libelista — hoje Al Capone não mais compete, apenas banca os desafios.

— Entendi. Todavia, o promotorzinho quis afastá-lo em definitivo dos rodeios.

— Sim. Com base no Código Penal.

— No mínimo, o mandarim da delação forense deveria ter sido enquadrado em leis de discriminação racial e perseguição aos animais.

— No mínimo. Ou se ver obrigado a encarar Al Capone, içado às costas do touro. Ainda por cima de toga.

— Besteira! Esses patifes se julgam nada menos do que Deus.

— Promotor se julga acima de Deus, mestre?

— Não. Em pé de igualdade com Ele. Juízes, de direito e de fato, é que acham que dão ordens para Deus.

— Eh, eh. Em especial, os que sofrem de *juizite*, noventa por cento dos ditadores de justiça. Por isso, mesmo sabendo-nos cobertos de razão, tio Barba-de-Molho, primo Bom-Senso, irmã Intuição e vovó Prudência aconselham: "Mudem de assunto, queridos!"

— Não atino com o motivo da inquietação de tão sábios parentes. Por que o conselho?

— Ora, mestre, e se aos tais da magistratura lhes der na telha de mandar nos prender? Simples, não?! De uma canetada, transformam-nos em perseguidos da justa.

— E daí?

— Daí, pílulas! Atrás ou longe das grades, a gente continua metendo a ripa neles.

— Bravo, bravíssimo! Na presente conjuntura, tornou-se questão de vida ou morte dessacralizar o poder. Reduzir às três coisas que merece — merda, merda e merda — a reverência ao poder. O poder que, no frigir dos ovos, nada pode, exceto fingir que não percebe seu caráter intrínseco malévolo — corrupto, corruptor —, a par da nudez do rei e da frivolidade da corte. Quaisquer cortes — monárquicas, republicanas. Aludo ao poder da casta acanalhada que se erige em maioral, embora no fundo, no fundo, não agüente uma gata pelo rabo. Contudo, desde que o mundo se fez mundo e imundo, vai teimando e reteimando em repetir sandices

como
SEGURANÇA PÚBLICA
CONVÍVIO CIVILIZADO VIA TUTELA ESTATAL
PRIMADO DA LEI
ORDEM JURÍDICA E SOCIAL
PAZ E PROGRESSO.

— Puta que pariu: *paz e progresso.*

— Paz e progresso, sim, senhor.

— Paz e progresso para eles. Esquecidos, os sacanas, de que coisa nenhuma externa salva o homem, pois o homem só se salva a si próprio e por si mesmo.

— Esquecidos também de que a autoridade — qualquer autoridade — constitui o princípio do caos, de que obediência subentende servidão e prepotência, de que instituições humanas não resolvem neca, neres, nicles, xongas, bulhufas do fundamental na vida, de que líderes — religiosos, políticos etc. — são seres mentalmente enfermos guiados pela idéia fixa de subjugar o rebanho, este talvez menos insano do que os demagogos timoneiros. Deslembrados, ó caterva, de que faz parte da natureza do Estado gerar e fomentar violência, no afã de, piolhos — cric, cric, cric —, esmagar os que lhe caem nas unhas, ou seja, os pés-de-chinelo reputados no inconsciente estatal, e aceitos pelo coletivo, como cidadãos de última classe. E de contínuo, sem parar, daí por que, ora a ferro e fogo, ora com lenientes palavras, mantém-se o senilizado mas eficiente padrão — a forma do cogitar e do agir —, cuja gigantesca, terrível estrutura psicológica molda e condiciona os indivíduos, a sós e em sociedade.

— Velho pra burro o tal padrão!

— Velho de milênios, gerado no útero do primeiro núcleo social. Todavia, embora macróbio, o padrão que seguimos exibe um vigor de Hércules jovem ao disseminar suas formas-pensamento, estribado no intelecto, na razão, incapaz, esta, de mostrar-se razoável no que respeita à verdade. Ancorado destarte no egoísmo, sustentado por conceitos e preconceitos que, a bem dizer, se laçam e se entrelaçam, vinhos da mesma pipa, manados da mesma videira. Em suma, ancorado no conhecimento adquirido e armazenado na memória, que engendra o pensamento, o qual exerce a função única e exclusiva de repetir, repetir, repetir *ad nauseam*, nada acrescentando a nada, nada criando de novo.

— O novo não se encontra no tempo?

— Não. "No novo não existe o tempo", permito-me a citação, não me recordo de quem.

— Apoiado. Contudo (o *mestre ergue a mão esquerda espalmada, o fura-bolo da direita espetado no centro dela, como fazem no basquete, para interromper por instantes o jogo*), reivindico uma pausazinha agnóstica na edificante explanação, a fim de perguntar-lhe: e o promotorzinho que pretendeu interditar os espetáculos do *showbull* Al Capone — triunfou?

— O que o galinho de briga da *dura lex, sed lex* queria, obteve: os holofotes da mídia.

— Os mesmos holofotes que touro Al Capone terá no horário nobre e Príncipe Biá-Biazulmi teria de graça o tempo todo — *teria*, porque os olhos de deusa onividente da tevê, assim como as retinas virtuais da internet, só passaram a enxergar por nós e a nos guiar e iluminar depois que ele morreu. Mas então, com mil demônios, o libelista da *dura lex* desfrutou os seus encantados e decantados quinze minutos de glória, hein! Que loucura, meu!

— Loucura? Mais que loucura: merdácio, conforme diria Horácio.

— Havendo o termo em latim — derivado de *merda, merdae* —, teríamos em língua horaciana *merdatio*, engraçadinho.

— Tanto vale seis como meia dúzia, mestre: *merdatio* ou merdácio, caso o tenha escrito Horácio; *merde* de um *petit merdeux*, na pena de Madame de Sévigné.

— Cairia bem se, em lugar dela, entrasse Rabelais ou Molière.

— Cairia, se aos dois acudisse e os unisse fácil rima. Qualquer rima. Rica, pobre, perfeita ou rara. Pois a rima, às vezes, mantém o clima. Por conseguinte, Sévigné e *petit merdeux* vêm a calhar. Ademais, Sévigné, a de Rabutin-Chantal, era muito, mas muito chegada mesmo, *viciée*, tarada por uma anedotazinha.

— Literatice. Chatice. Merdeca. Nonada. Mudemos o disco, o curso da conversa, a rota do barco.

— Com o promotor a bordo?

— Não. Transfira-o para a barca de Caronte. E o mande para os quintos do inferno.

— Combinado. Entretanto, *juris representationis*, mestre, foi de matar de rir o ar de sapiência e prepotência do Doutorzinho-Acusação, nas entrevistas que deu.

— *Ito malis avibus.* "Diabos o levem." Em tradução diversa: "Má hora vá contigo", abutrezinho do fórum.

— Um momento! Vou tirar água do joelho. (*O mestre levanta-se e, a exemplo do colega acadêmico interlocutor, pela un-*

décima vez, nas últimas três horas, dirige-se ao banheiro, ao fundo, lado direito, perto do balcão. Mija grosso, copioso, apressado. Volta rápido. Retoma o diálogo, de pé, enquanto fecha o zíper da braguilha.)

— Tenho um palpite — (*voz ansiosa*) anuncia.

— Qual?

— Se a Rede Brasil-a-Mil-Globalizado de TV quiser, touro Al Capone irromperá na telinha como o grande propagandista, o divulgador dos encantos e belezas, das riquezas e atrativos, o redentor da região.

— Ah, é? E o que persuadirá o carro-chefe da mídia a modificar o quadro de dependência e sujeição que nos afeta?

— Digamos, as verbas. Publicitárias.

— De quem?

— Do governo, ora! Hoje, de cofres abarrotados. Dinheiro que não acaba mais. Dinheiro saindo pelo ladrão.

— Se calhar, para os ladrões.

— Com certeza. Mesmo assim, basta uma mudancinha de mentalidade. O que não os impedirá de continuar roubando. Roubando e realizando, na linha do velho e eficiente lema do falecido governador de São Paulo: "Rouba mas faz" — lembra-se?

— Muito.

— Publicidade, eis a varinha de condão, o abre-te, sésamo! que lhes falta — percebeu? Pois pede atenção um fato, não levado em conveniente consideração até agora: o progresso e a expansão da jovem capital da província, mais Brasília, plantada e consolidada no plexo solar topográfico de vocês, alteraram a correlação de forças. Rompeu-se o isolamento, exceto para os que, bancando de modo equivocado avestruzes, teimam em não ver a nova realidade, no meio os conservadores segregatícios daqui. Para definir o ingrediente indispensável à virada do jogo a nosso favor — *nosso*, sim, entro no rol de habitantes da terrinha — cabe justinho, como dois dedos no nariz, o jargão jornalístico-sociológico em voga: *vontade política*. Recordemos: a) a dobradinha do café-com-leite, São Paulo-Minas, já era; b) províncias outrora com enormes quilates e megatons de influência — citemos Rio de Janeiro e Rio Grande do Sul — minguaram em importância; c) outras, periféricas, lograram guindar, com o apoio decisivo da Rede, por exemplo, aquele moço — puro gel e gelatina nos cabelos e miolos — à presidência da República.

— Que moço?

— O que meteu a cara no pó, inclusive do *impeachment*. Não fosse a porra-louquice do rapaz, decerto o teríamos ainda hoje, rei da cocada, chibante, lá em cima, mandando e desmandando na Idolatrada Mãe Gentil.

— Juro sobre os santos evangelhos, mestre, que não me passou pela cabeça vislumbrar a solução por tal prisma — o prisma televisivo e virtual. Magnífico. Fico de queixo caído. Então, o diabo não é tão feio como de início o pintamos — ahn?

— Não. Urge, no entanto, abrir os olhos dos graudões para essa perspectiva. Aviem-se, os desatentos. Se agirem a tempo, imagine o Brasil em peso, às oito horas da noite, sentado no sofá, vendo, ouvindo e aplaudindo o astro-touro Al Capone a mugir repetidas vezes *slogans* do seguinte teor: "O futuro de nossa pátria constitui o seu presente. Encontra-se na região central. Um presente ofertado por Deus aos brasileiros e brasileiras, conterrâneos e conterrâneas do criador de *Marimbondos de fogo*, nas maranhas maranhenses".

— Bom demais. Maravilha. Quero ver para crer.

— Verá. Tudo saindo nos conformes, a partir daí sabe que nome darão a Al Capone?

— Não.

— Boi Ápis do planalto. Tal qual o deus-boi dos egípcios.

— Já o chamam assim. Na opinião de Bidudélis de Orixakô, o estimado e celebérrimo pai-de-santo do Terreiro Vacum-Ogbôni-São João Ogodô, touro Al Capone é a encarnação tropical e nativista do touro sagrado da terra de Faraó. Na versão de idôneos e antiquíssimos historiadores, mesmo morto, e metido embalsamado em tumba hermética, Ápis renascia na forma de outro boi, cujos sinais de antemão os sacerdotes captavam no ar, os corpos eletrizados, descargas vindas de eletrodos sobrenaturais na espinha. (*Ele olha de esguelha o mestre, que se pusera novamente de pé, as mãos nas cadeiras.*) Senta e sinta: pelo que conhecemos dos deuses egípcios, touro Al Capone exibe as características físicas de Ápis, sem faltar a mancha branca na testa.

— Não diga!

— Digo. Errados começos, dificultosos fins, mestre! Se os mandões não tomarem providências adequadas no momento adequado — segundo você, *agora* —, continuaremos a passo de tartaruga, senão andando para trás, humanos caranguejos. Porque corremos o risco de a novela usar a força do touro para avacalhar de vez com a província e a gente ordeira daqui.

— Não. Acho que semelhante desgraça não vai acontecer.

— Quem dera!

— *Alea jacta est.* Que na tradução feita por nós, no Colégio do Bonfim — em português juvenil, um excelente português, por sinal —, significa "A jaca está lançada". Júlio César. O senhor sabe: atravessando o Rubicão.

— Com Rubicão ou sem Rubicão, mestre, a posteridade confirmará o acerto de nossa divisa: *Country, um jeito nelore de ser*. Essa divisa — ó doce vingança! —, haveremos de vê-la inscrita, tremulando na bandeira provincial ou da capital, e querendo Deus até mesmo no auriverde pendão.

— Em lugar do *Ordem e Progresso*?

— Sim — por que não? —, se já temos ordem suficiente e o progresso vem que vem nos atingindo, via globalização!

— Tá bom. Mas poderia pular essa parte e retomar o assunto Biazulmi?

— Com prazer, mestre.

Então, estávamos em que o professor Higino Paleólogo é assaz generoso, e este aspecto do seu caráter tornou-se manifesto quando da sinuca-de-bico intelectual a que o conduziu o caso Biazulmi. Tentarei referir tudo, e o porquê, tintim por tintim, com proveito e paciência. No capítulo seguinte, mestre, depois da próxima cerveja.

— Garçom!

— O que mandam os doutores?

CAPÍTULO VI

EM QUE UM DILEMA DE PALEÓLOGO SE RESOLVE COM MAESTRIA, NÃO OBSTANTE A ESTATÍSTICA DAS BIMBADAS DE BIAZULMI TER COLOCADO EM CAMPOS OPOSTOS O PROFESSOR, O ZÉ-POVINHO E O MANO DO BONITÃO, INCLUINDO DE QUEBRA A MEDIAÇÃO DE SANTO AGOSTINHO E A DEIXA QUE ESTE DEU A DESCARTES

O velho beletrista bebeu desgostos ao deparar dilema que quase lhe esgota as energias.

De um lado, o ecumenismo, ou seja, a universalidade do espírito do pesquisador sem preconceitos recomendava-lhe não deixar nenhuma área da vida social da província-coração-da-pátria fora do foco de seu saber compendiado em in-fólios — circunstância em que dever e saber se confundem. De outro, por culpa da frivolidade que lhe é inerente, o tema Biazulmi, perenizado em livro, poderia trincar o cristal de sua respeitabilidade de Plutarco com postura de Catão.

— Que fazer?

Virgem Santa, o que fazer? Que destino dar às quarenta e oito pastas de anotações sobre o fenômeno Biazulmi? Atirá-las às traças? Abandoná-las aos ratos?

Perdão, Cascão! Pela santa missa! Do mesmo modo que quem não viu Lisboa não conhece coisa boa, quem subestima Paleólogo da vida não leu nem o comecinho do prólogo.

Porque, espírito tarimbado e um tanto astuto, entre a intocabilidade da reputação de intelectual sério e o ecletismo do livre-pensador atento a todas as manifestações da contemporaneidade, o professor Higino Paleólogo tratou de salvar as duas vertentes da carreira.

— Como? Qual a mágica?

Ora, mestre, numa bilacosa manhã de céu e sol de primavera, a esfera toda azul, rosais a despencar com o vento, ninhos cantando, asas de luz cortando o firmamento, em flor a terra inteira a palpitar nos olhos a delícia da vida, a delícia da vida, numa manhã assim em que não se deve morrer — *nunca morrer num dia assim, de um sol assim!* —, sem tempo de extasiar-se com o esplendor lá fora, porque punha em prática o método que o ajudava a adestrar-se nas artes oratórias, Paleólogo berrou de si para consigo, confrontando-se no espelho, "*Medio tutissimus ibis*".

— *Medio tutissimus ibis. Medio tutissimus ibis*,

repetiu, repetiu, uma, duas, três vezes,

e sua figura de cérebro prodigioso devolvida do espelho traduziu esse *Medio tutissimus ibis* com voz vibrante em meia dúzia de variantes brasileiríssimas, isto é, Ide pelo meio e não caireis, Nem tanto ao mar nem tanto à terra, Seguro morreu de caduco e Dona Prudência levou-lhe flores no enterro, Um homem de juízo abomina os extremos, Cautela e caldo de galinha não fazem mal a ninguém. Etc.

— O cachorrão não fez sequer uma reverenciazinha em sinal de gratidão a Ovídio por haver registrado e lhe dado de bandeja a advertência de Dédalo a Ícaro?

— Praquê? A larapice, o vampirismo cultural, dissimulado, conforme disse, em intertextualidade, era uma forte característica do ratazana de alto coturno, Paleólogo.

— Benza-o Deus!

Esfregando as mãos de contente, as bochechas arreganhadas mostrando a dentadura postiça, Paleólogo comparou-se a um velho leão em cujo pêlo outro animal, bímano ou não, jamais se atreveria a catar pulgas. E tornando a ação coerente com a idealização e o tamanho do sorriso, e tomando a si mesmo por testemunha diante do espelho, firmou-se no desígnio que apenas um sábio de tal estatura adotaria: interditou o caminho do prelo ao calhamaço, vociferando:

— *Imprimatur*? Aqui, ó, nunca dos nuncas, meus santos!

E deu uma banana com o braço, invadido de preocupação com os rapazes imberbes que o combatiam.

"Longe de mim bancar a besta quadrada capaz de afrontar a sociedade pudibunda da qual sou luzeiro e esteio", pensou, aos gritos. Serenado, sempre defronte do espelho, repensou, a apreciar o achado: "Também não vou ocultá-lo ou sonegá-lo por inteiro à curiosidade do leitor. Nesse caso, nada melhor do que uma vela a Deus e outra ao porco-sujo fundador e administrador do inferno".

De maneira que Paleólogo tomou a resolução de colocar as quarenta e oito pastas sobre Biazulmi à disposição de qualquer pessoa idônea e bem-nascida — "bem-nascida e agradecida", enfatizou — que de corpo presente o procurasse com a finalidade de devassar a vida, ou aspectos da vida, do libertino.

Ora pois! De um golpe — golpe de gênio, mestre, convenhamos —, Higino Paleólogo preservou a imagem do acadêmico opulentado de glórias, conspícuo, pundonoroso, supereminente, sem jaça (todas essas expressões ditas e escritas a seu respeito assaltaram-lhe a cabeça), enquanto tratava de abrir um céu de brigadeiro às asas ecumênicas do luminar de conhecimento enciclopédico que tanta admiração causava.

Logo-logo se espalhou a notícia de que o venerando erudito franqueara o inestimável arquivo aos que viessem bater-lhe à porta, com discrição e bons propósitos, em busca de subsídios.

Aproveitei o ensejo.

Munido de paciência idêntica à do professor, embora, ai de mim!, não dispondo sequer de dois avos do talento do Ph.D., no curso de um par de meses transpus para os meus cadernos, dia após dia, os registros do sedutor contidos nos célebres alfarrábios. Trabalhei feito um mouro, porquanto o empecilho maior estava em que, à época, xerox por aqui era coisa rara e cara, além do que dava na vista sair do solar do lente com aquela papelama toda metida no sovaco. Gastei para mais de cinqüenta lápis, tendo esvaziado o dobro de canetas-tinteiro. Os dedos com que escrevo tornaram-se ásperos — dedos de rachador de lenha.

— Mas valeu a pena!?

— Valeu.

Contudo, devido à fama de chutador do professor Higino, espalhada pela molecada intelectual, não ponho a mão no fogo quanto à veracidade de seus algarismos.

Dou alguns exemplos, mestre, confrontando as projeções matemáticas de Paleólogo com as do irmão de Biá-Príncipe-Biazulmi:

1. Paleólogo arrola 10.722 cabaços rompidos por Biazulmi, contra os quase 30 mil prescritos pelo pródigo mano do defunto.
2. Os 7.363 chifres plantados em testas aristocráticas e plebéias, exibidos pelo professor, contrastam com as 15 mil casadas infiéis que Biazulmi versão fraterna degustou.
3. O total geral higino-paleológico de 23.521 mulheres submetidas à vara egrégia de Biazulmi — eis uma cifra professoral e precisa, por causa dos quebrados, porém muito distante das 148 mil bimbadas que marcaram a atividade copulativa do herói, segundo Josenildo. Observe, mestre, que não estão incluídas, nas somas de um e outro, os michês com putas. Porque, ainda que as michelas relutassem, batendo o pé que não, que nada cobrariam por aquele amor que de fato não era mercenário, Biazulmi, por uma questão de honra e respeito ao trabalho, remunerava-as, ora na marra, ora de forma dissimulada.

"Profissão é profissão", ele proclamava, "independentemente da mercadoria que entra no negócio".

Em virtude de dificultoso acordo com elas, pagava-lhes preço simbólico, que para tal paloma podia ser beijo depositado em medalhinha desprovida de valor pecuniário, ou — tratando-se de piranha mais posuda e popozuda — lencinho de seda com as iniciais e o formato da boca deixados de lembrança. Mas pagava.

Há outra adicional, grave divergência. O professor não menciona e o irmão jura ter excluído dos dados globais, por imprecisão das fontes, as trepadas com o mulherio liberado de rígidos compromissos públicos ou privados, as de estado civil ambíguo, vale dizer, as fêmeas que não se enquadram nas categorias retroassinaladas. Nesse gado feminino não computado entrariam mães solteiras, beldades sem os três-vinténs mas livres como mariposas disfarçadas de vestais, viúvas expurgadas de traumas, nostalgias ou memória dos finados, minas mais ou menos amancebadas, noivas duvidosas, dadivosas, donzelas que, para evitar gravidez, só davam o anelzinho de trás, e, por servi-lo acompanhado de siriricas, se julgavam espertíssimas. Se bem que, pensando melhor, mestre, fica difícil, se não impossível, imaginá-las negando os aposentos-privados da frente a Biá-Príncipe-Biazulmi. Salvo — claro — se ele os dispensasse, possibilidade na qual nem os padres nem as pedras acreditam.

Já o terceiro e último manancial de consultas — o povo — não servia para *tertius*, visto ser o populacho propenso a uma exageração mil vezes pior que a do mano do extinto garanhão.

De modo que a barafunda estatística nos obrigou a realizar alguns cálculos arbitrários, a estabelecer média aritmética sempre contestada, vez que nem se aproximava da exatidão do catedrático, nem coincidia com os números redondos de coitos, embicados na estratosfera, sustentados pelo suspeito legislador em causa própria, o mano do galanteador. Por conseguinte, ao fixar nosso cômputo, nem sequer cogitamos da soma, puxada para o infinito, deste contador de lorotas chamado zé-povinho, ou povão, que só serve para encher os estádios a gritar "Mengo, Mengo, Mennnnnnngooo!". Ou para bater palmas, trabalhar feito burro de carga e içar às alturas políticos incompetentes e corruptos, que o enganam e hão de continuar enganando, às vésperas das eleições. E, principalmente, depois delas. Mas que a gentalha fique com eles, os políticos, ambos se merecem, tal amo, tal criado, caçamba te dou essa corda, bainha eis tua espada, fazei bom uso mútuo de vós.

Cumpre lembrar, mestre, que várias pessoas, meio chegadas à lógica aristotélica, a pruridos cartesianos, ou assaltadas por dilemas hamletianos, fingiram manter aristocrática distância das cifras, quer as do professor, quer as de Josenildo, adotando a dúvida como método, ou até como falta de método, ora estribadas no "Se erro, existo", de santo Agostinho, ora no "*Cogito, ergo sum*", do doutor René Descartes.

— Parece que com sua sentença santo Agostinho deu a deixa para a frase de Descartes.

— Parece.

Sendo assim, no caso Biazulmi o remédio foi firmarmos e nos conformarmos com certa metafísica numérica, partindo da palavra *milhares*, contudo sem especificar quantas mulheres-milhares Biazulmi de fato chamou na chincha. Nem cinco, nem dez, nem trinta, nem cinqüenta, apenas milhares — milhares imprecisos, abstratos —, ficando a conta escrupulosa dos coitos a jazer junto com o autor deles na terra da qual não se volta, a não ser como fantasma.

— Ou em outro corpo, reencarnado, carregadinho de carmas, no dizer de meu tio Barsanulfo, kardecista.

— Parangolé. Ponhamos isso no limbo.

Para o teu amigo aqui, mestre, essa imprecisão contábil soa melhor que arcar com a pecha de leviano, sujeito, pois, a ter sua credibilidade comparada à dos economistas, especialmente dos que se tornam ministros de Estado do pé para a mão. Ou à dos que, em esferas menores, provincial e municipal, na realidade furtando menos — em termos quantitativos, lógico —, vão dar em gestores dos dinheiros públicos, ou seja, os fundos da patuléia.

Ao contrário, portanto, do que apresentam os financistas do governo, nossa média aritmética constituiu hesitação edificante, imprecisão plena de grandeza, porque nela se reconheceu que Biá-Príncipe-Biazulmi afogou o ganso mais vezes que Simenon e Casanova, muito embora Casanova pareça um bocado vulnerável, suspeitoso, visto afirmarem os alegres venezianos que o conterrâneo era gilete, fugindo por igual motivo tanto de maridos quanto de esposas ciumentas. Na média que engendramos se reconheceu ainda que Biazulmi afogou o ganso mais que Picasso ou Lord Byron (outro queijo esburacado de dúvidas, segundo se referiu), que Biazulmi afogou o ganso mais que toda a constelação de picas-doces que a literatura e as demais artes, com o apoio da mídia, inventam e enaltecem. Puro jogo da *maya*, mestre, acredite.

CAPÍTULO VII

DE COMO BIAZULMI DESFOLHOU A PRIMEIRA VIRGEM E DA LUTA DO MULHERIO PELA POSSE DO GAROTÃO, DEGENERADA EM MELÊ DE BAIXARIA — ABUSÕES, AGRESSÕES, PANCADAS

Qui se fotte in più leggiaddre vie,
Ch'in alcun loco si sien mai vedute
Infra le puttanesche gerarchie.[1]

(Aretino)

Em todo caso, foi em Erosópolis, cenário propício à devassidão, que a fama de Biazulmi nasceu, cresceu, deitou sombra e ramagens, a ponto de, até sua morte, e mesmo depois de sua morte, o bonitão deixar suspirando por ele multidão de fêmeas capaz de compor oitocentos e sessenta e seis haréns, ou uma cidade gomorrizada decerto bem maior do que a que formou com Sodoma a dupla bíblica invencível no capítulo vadiagem e proxenetismo.

Tudo começou tão logo Biá-Biazulmi, adolescente precoce, intuitivo que só vendo, um Mozart no mau sentido, descobriu por livre e refletida escolha o que o sacanólogo Pietro Aretino — o cantor do transar sem tento e tanto, o inspiradíssimo poeta

[1]Fode-se aqui com graça sem igual, / Alhures nunca assaz reproduzida / Por toda a jerarquia putanal. (*Trad. do Revisor.*)

da *barchetta del fotter*, amigão do papa e dos Medici — havia anunciado, coisa de quinhentos anos antes. Isto: que, além de insossa brincadeira, é malsão fazer passarinho e passarinha da própria mão, quando existe a dar com pau mulher exasperada e desesperada por acolher o Bom Irmão, nome com que Biazulmi batizara o seu instrumento de trabalho. Saiba, mestre, que o conquistador assim qualificou o membro viril lá dele — "Meu instrumento de trabalho", dizia, acariciando-o — no justo instante em que pela vez primeira viu o zé-careca levantar-se, teso e terso, rijo e régio, as veias arroxeadas, a cabeça crescida apontando para o teto.

"Olha a cobra, pega a cobra." Evocativo e manuseando a cobra, exclamava, de olhos fechados e no entanto grudados numa invisível mulher nua. Por sinal, uma vizinha, jovem e toda uda — boazuda, bunduda, coxuda, peituda, cadeiruda —, de que o Príncipe não demoraria muito colheria as primícias.

De modo que a fase de Onan, a da bronha, durou nada em sua vida.

— Sortudo.

— Sim. A diva masturbatória quase não reinou na puberdade do galã.

— Por quê?

Ora, mestre, porque Biazulmi encontrou cedo-cedo o doce e ansiado caminho dos países-baixos duma molecota. E deparou-os cobertos de penugem, prenunciadora de pentelheira negra e bonita. Talvez a provar que ele nascera de fato empelicado, de bunda virada para a lua, a guria, contrariando expectativas, preservara os três-vinténs, qual moeda corrente em cofre de usurário. Tratando-se de Erosópolis, mestre, uma raridade, algo insólito como um homem a tropeçar em diamante puro, do tamanho daquela pedra de centenas de quilates, da rainha Vitória, ao dirigir-se fatigado para casa. Ou ver Brigitte Bardot, a de *E Deus criou a mulher*, amanhecendo, de pé espalhado, caída do céu, posuda e popozuda, com tudo à mostra, frente e verso, em sua cama.

— Em Erosópolis virgindade era palavrão?

— Palavrão, não, mestre, mas lá virgindade e santidade compunham rima desprezível de tão pobre, não quadrando entrar nem no ritmo, nem na cadência, nem nos quartos ou quartetos de ninguém. Daí por que em Erosópolis não se ligava importância, menos ainda importância de vida ou morte, ao hímen fechadinho, um artigo de fé, indefectível, nos códigos de honra feudais de outras regiões do Brasil.

Enfim, Biazulmi dera de testa com perfeita *avis rara*, das de exigir e fazer brotar das nuvens um Diógenes ao mesmo tempo filósofo e detetive, de lanterna acesa na mão, a investigar, a procurar em pleno dia:

— Uma donzela, uma donzela! Meu Deus, uma donzela. Só uma. Lacradinha. Em troca, desisto de buscar homem íntegro — um que seja — nesta urbe!

De maneira que a franguinha era virgem tanto quanto minha mãe quando meu pai a desposou, aos vinte e muitos ela, quase trintona, conforme a versão do velho e os costumes da terrinha, Manhambi. Em Manhambi, moças, sobretudo carolas, seletivas, exigentes ou feiosas, ficavam vitalinas ou pra tias, morrendo de velhice e solteirice, porém mantendo intactos os benditos três-vinténs.

— Jesus, com que finalidade?

— Decerto pra vermaiada, crau, crau, comer, no meio daquela nojeira de salmoura, carne podre e fedentina da cova. Ô suplício!

De qualquer jeito, desvirginando-se, Biazulmi tirou a florzinha de inocência da santinha do pau oco. E a tirou com competência de veterano arrombador. Orçava pelos doze anos, a menina, o que confirma a anedota — o senhor a conhece?

— A de que, em Erosópolis, inteirou onze anos e pesou vinte quilos, a cabritinha está pronta pro balancê?

— Essa.

Fizeram tudo combinado. Afora alguns resmungos da mãe ao sentir que Suely pegou barriga, não houve o menor bololô. Nem por sombra se cogitou de lavar a honra com sangue, o que era, conforme frisei, praxe nas comarcas cincunvizinhas. Tampouco se falou em casamento na polícia, o que acontecia a três por dois em tais tempos e confins.

— Casamento na polícia?

— É, mestre. Quando alguém executava uma virgenzinha-família, no interior atrasadíssimo do país, o delegado calça-curta e os meganhas davam toda a cobertura aos pais endinheirados da moçoila.

— Isso não era ilegal?

— Era.

Entrementes, se a negociação perante o juiz de paz empacava, porque o maroto teimava que não, e não

— Não, doutor, juro pela santa Virgem, não devo, não devo, não fui o primeiro, já encontrei a porta aberta, escancarada, a fulana furadinha, arrombada. Ela me enganou nesses quatro anos de namoro, caí feito patinho, ô meu Deus!

e a sonsinha embarrigada, torcendo as mãos na toalha da vergonha, garantia o contrário, dando detalhes

— Foi debaixo do pé de munguba, perto da latada, em cima do banco, sim, senhor, às onze, da noite, eu não queria, até desmaiei

— e, com efeito, não mentia: desmaiara de prazer —

então, se não se alcançava solução amigável, que seria a admissão da culpa pelo deflorador mentiroso e louquinho por continuar habitando o mundo dos solteiros, só restava uma saída para que os pais abonados de Julieta não matassem o Romeuzinho sem-vergonha: levá-lo à delegacia, onde lhe abriam os olhos para a possibilidade de persuasão à pancada. E nem carecia grande aperto, mestre, prensa pra malandro federal: o gajozinho cedia fácil, fácil, e os pombinhos acabavam casados como manda o figurino. Após a cerimônia civil, vinha a da igreja, os dois-corações-formando-um purificados, ela de véu e grinalda, ele impecável no terno escuro arranjado às pressas, que amor o par ingressando na nave ao som da marcha nupcial. Que amor!

Seguiam-se três dias de festa e foguetório, todo mundo esquecido dos contragostos pré-matrimoniais, a propriedade salva, salvo ainda o bom nome da família. No geral, o jovem casal vivia feliz até que a morte os separasse. E com prole numerosa, netos que pareciam divinos de tão fofos, e bonitos e inteligentes e radiosos — Cristo nosso! só de vê-los meu coração pára, dispara (pensava vovó, pensava vovô), corroborando o poeta Hölderlin: a beleza pertence às crianças, nela há paz e silêncio, uma aliança que nos anjos também constitui laurel — uma imagem de Deus, talvez, fiel.

Entretanto, tais pudicas colméias ficavam longe de Erosópolis, longe embora não distantes, porque circunjacentes em termos de geografia.

— Isto é Brasil, eis o Brasil, eta Brasil, país múltiplo e multifacetado. "*Fou, folklorique et exotique*", comentarão os franceses que lêem Jorge Amado.

— De cambulhada, dinamarqueses, alemães e quejandos — do primeiro mundo, os felizardos.

— Batata.

— Quer dizer que em Erosópolis as famílias das cabritinhas arrombadas aceitavam tudo numa boa?

— Aceitavam.

Viúva, conceituada e bem de vida, a mãe de Suely honrou a tradição local dos pais de mocinhas defloradas, a fingir indignação anêmica, de araque, sabendo de antemão que os resmungos dariam em nada, nunca ultrapassando a soleira da casa. Pois que em tempo de murici, cada qual cuide de si, e quem pariu Mateus que o embale.

— Certo.

— Mais que certo, mestre! Regra de ouro, preceito do bom viver.

— Sendo assim, Erosópolis merece o título de precursora da pós-modernidade.

— E como!

A partir dessa auspiciosa estréia, Biazulmi tomou gosto. Repetiu infinidade de vezes a dose. Profissionalizou-se. E de tal maneira que a fama de bem-dotado, e sempre bem-disposto, espalhou-se qual fogo na macega, morro abaixo.

O mulherio passou a reivindicá-lo, a princípio na base de tricas e futricas, que mulher conversa pra setenta.

— Homens também.

— Alguns até mais do que elas.

Daí em diante, não abandonando de todo os cochichos, as intrigas, o gado feminino pôs-se a disputá-lo abertamente, em jogo franco, franco mas só pela metade, porque não tardou mandaram pra cucuia os bons modos. A luta pela posse do libertino virou melê de baixaria. Sustentada na porrada, aos tapas, aos puxões de cabelo, às mordidas, às cotoveladas, no fecho de bate-bocas de corar frades de pedra, "Puta é tu", "Nojenta", "Sifilítica", "Vê se te enxerga", "Olha a tua cara, lesma morta e fedorenta", "Capivara", "Tinha graça o Príncipe me trocar por uma sirigaita da tua laia — tinha?" "Andorinha." "Jabiraca." "Lambisgóia." "Lacraia." A ladainha ia por aí, e além.

Na ânsia de fisgá-lo, apelavam para tudo, para os poderes físicos e metafísicos, para as artes divinatórias, abusões, santos, o diabo. Se davam em nada os trabalhos de amor caseiros e as simpatias inocentes — o apelo a santo Antônio e a influência miraculosa das flores e plantas, óleo de lírio branco em taça de cristal, malva de cemitério sob o colchão, murta seca e alúmen deitados ao fogo, licor de verbena, grãos de romã, invocação ao anjo Anaël e até filtros de amor contendo pedacinhos do tamanho do minguinho de pele seca de cobra, cascavel de preferência —, esgotados tais recursos, várias apelavam para a macumba, para os bruxedos de Lola Fernandes, Joãzinho Três-Mulheres e outros mandraqueiros da pesada.

Sangue de Cristo, cruzes!

Uma viu o feitiço voltar-se contra a sua própria pessoa, ao contrair constipação que a deixara com a boca torta idealizada pra rival. Volvidos seis ou sete anos, divorciada de qualquer perspectiva casamenteira decente, a moça não teve outro remédio senão unir-se, madurona e troncha, a um caipira peçonhento e violento, feio feito a morte, velhaco e beberrão, interessado tão-só nos bens de pouca monta do sogro enricado no garimpo.

E assim Biá-Biazulmi ia introduzindo o quiabo grande em tudo que pela frente lhe surgisse de voz fina e rachinha no meio, área da virilha. Papou viúvas e amancebadas, papou louras e morenas, crioulas e albinas, solteiras e casadas, sírias e sérias (não se trata de trocadilho, não, mestre, porquanto em Erosópolis havia de fato quatro famílias de comedores de quibe e esfirra, que viviam do comércio e outras reminiscências das Arábias, tendo as mulheres inclusive se envolvido com Biazulmi gozando fama de fiéis, de adeptas do ramadã, de maometanas pudicas).

Sôfrego, insaciável, a torto e a direito, ele seguiu papando. Papou mouras e cristãs, católicas e de outras seitas, sem exclusão das evangélicas. Papou ecumenicamente devotas de todos os credos, não preterindo agnósticas e atéias. Papou ninfas e donas de primaveras encurtadas na conta da mentira, não obstante confirmadas pelos pés-de-galinha impressos sob os olhos da verdade. E virgens de tampos garantidos ou selos malcolados.

— Quantas, afinal, Biazulmi carimbou?

— Ora, já disse, constelações, miríades, pois ninguém conseguiu estabelecer de modo veraz o número de cabaços votivos, conterrâneos e contemporâneos do trado que os perfurou.

— Ou que os teria perfurado?

— Sim. Ou que os teria perfurado.

À parte as dúzias e dúzias que alardearam o desvirginamento, duas de hímenes complacentes lograram fisgar marido, depois que o dom-juanzinho zarpou, deixando-as no ora-veja, se virem, minhas queridas. E elas: "Pra onde voaste, meu Príncipe?" Não obtendo resposta, casaram, de papel passado, porém amargando a sina de só alcançarem o céu na cama pensando em Biazulmi dentro delas.

— E os maridos?

— Ora, esses se contorciam e lhes fungavam por cima, crentes de serem eles que arrancavam aqueles gritos e explosões ígneas, remelexentas e ensandecidas de gozo.

— Gostei. Sim, senhor! Então, nosso atleta sexual gastava todo o tempo fornicando?

— Não, mestre. Biazulmi diversificava o uso de sua rica massa cinzenta, embora sexo lhe ocupasse dois terços da mioleira.

— E o outro terço restante?

— Ele o empregava, por exemplo, a decorar poesias e a produzir idéias cuja originalidade o chaleira do irmão não cansava de trombetear aos quatro ventos.

— Estás brincando?

— Brincando, eu, mestre? Saiba: uma dessas idéias, brotadas do bestunto de Biazulmi, anos mais tarde ganhou foros de exatidão científica, se tomarmos por evangelho o que disse Josenildo.

— Podes esmiuçá-la?

— Posso.

CAPÍTULO VIII

EM QUE SE FALA DA REVOLUCIONÁRIA, PRECURSORA E CIENTÍFICA TEORIA DE BIAZULMI SOBRE A COLORAÇÃO DOS PENTELHOS FEMININOS — VERDADE ALIÁS QUE ENCONTRA AMPARO EM RABELAIS —, COM BREVE DIGRESSÃO QUANTO A UMA VELHA MATÉRIA DE SONHO E MORTE DOS HOMENS

A teoria defendida por Biazulmi, antes de qualquer outra pessoa, na versão fraterna, foi confirmada, anos à frente, por mulherólogos da *Rabos & Rabichos*, a famosa revista *for men*. Dizendo-se estribados em levantamento estatístico, garantiram-lhe sustentação científica.

A se crer em Josenildo, e também nos alfarrábios do professor Higino Paleólogo, Biazulmi nutria idéias próprias acerca de uma multidão de assuntos: preceitos, ouvidos aqui e ali, abeberados do vulgo, quando não metabolizados por sua mente eivada de mundanismos, após pescá-los, talvez em forma de *insights*, no chamado inconsciente coletivo.

— Melhor chamá-los de preconceitos, lixo da cultura popular, companheiro!

— Sim, mestre.

E tiriri, tarará, que mulheres de cabelos curtos, à la homem, são piradas, imprevisíveis, bom a gente acautelar-se delas, conquanto no geral se mostrem fogosas, demasiado fogosas, na cama.

— Também outras mulheres, à parte o tamanho das melenas, são porras-loucas, surpreendentes, inclusive entre os lençóis.

— Sei.

Que homem de olho verde não presta, difícil topar, mestre, com um avesso de racismo ariano-nazista tão igual em cretinice.

Que não existe gordo que não seja inofensivo, preferível, sob todos os aspectos, escolher um balofo para desafeto do que um magro que nos coma o fígado. Sobretudo se o magro for do tipo clássico: inteligente, observador, estudioso, de olheiras fundas e profundas, de pouco dormir e muito astuciar, além de possuir glândulas secretoras de cobra, pejadas de ódio, inveja e egoísmo.

— Alto lá! Essa alusão à inofensividade dos gordalhufos encontra-se em Shakespeare. Com rima a lembrar um soco, Longaville especula nos *Trabalhos* que ventre grande é sinal de espírito oco; quando a gordura é muita, o senso é pouco. No *Júlio*, da mesma maneira, eis César falando a Antônio: "Quero homens gordos ao meu redor, homens de cara lustrosa e que durmam à beça; tipinhos magricelas e esfaimados feito Cássio são perigosos, que porra, os magriças filhos-da-mãe pensam pra dedéu". De modo que não cola, que não reconhecemos nem pagaremos sequer uma merreca em direito autoral ao sr. Príncipe-Biá-Biazulmi, calhando melhor mandar para o diabo tais veleidades de plagiador barato. E continuar situando o galã na sua peculiar especialidade da *maya*, comandada por esse inimigo mortal do homem: o ego.

— E eu, E eu, E eu,

a tal ponto nos aferramos a essa ticacazinha do *eu*, o *euzinho* ordinário, o ego, que nos iludimos pensando ter o universo a girar em torno do nosso umbigo, à puta que pariu com o eu miudinho, o eu egóico que vos torna, dona Josefa e seu Raimundo e todo mundo, prisioneiros da baixa esfera dos instintos. Os quais nos compelem a praticar tão-somente a política e o comércio do corpo, até que este se gasta, se fana, se desmorona, não lhe restando outra alternativa senão suplicar os sete palmos de terra e um caixão. E então o miserável que deu as costas à luz, espojando-se na lama, volta-se, repelente, e com um último alento grita: "Ó, Deus, salvai-me!" Eis o destino dos rufiões e sedutores do orbe, colocados por Dante numa das covas do círculo infernal denominado Maleborge, o das dez cavernas iguais e tenebrosas, nas quais demônios corníferos apressam a marcha dos condenados fustigando-os com grandes azorragues, que os obriga, ao primeiro golpe, a mover os calcanhares ligeirinho-ligeirinho, vup, vup, vup, nenhum deles agüentando esperar pela terceira chibatada, e tome, lepte, *Papé Satán, papé Satán, allepe!*

— O que significa esse enunciado diabólico, mestre?

— Apenas Virgílio poderia traduzi-lo. Contudo, o gênio da *Eneida* e das graciosas *Geórgicas* preferiu guardar silêncio. Mas exprime qualquer coisa como "Aqui domina Satanás".

— Valha-nos Deus!

— Não são palavras nem hebraicas, nem gregas, nem latinas, fazendo decerto parte do irado idioma das profundas.

— Toc, toc, toc. Batamos três vezes na madeira, mestre, a fim de que a luz afaste as trevas e as tentações do senhor dos abismos insondáveis.

— Assim seja. Também bato na madeira, toc. Embora meu anjo dê sempre com a porta na cara da superstição.

— O meu não dorme de touca: segue o seu, nunca dando moleza a esta velha e intrigante marafona, a bruxa dos que acreditam na maldade. Pelo que se conclui: falei por falar. Força de expressão

— Ahn-rã. Porém, lembre-se: estávamos no entra-e-sai inaugural de Biazulmi com a vestalzinha ou ex, em Erosópolis. Doravante proíbo-te o menor desvio de tema. Portanto, xará, se amas o teu pescoço e não a corda que irá enforcá-lo, ou o teu traseiro em lugar de um pontapé, evite circunlóquios.

— Me ameaçando, mestre?

— Não. Brincadeira, filho.

— Tá certo. Prometo despender em vontade o que é energia e músculo no elefante, eu que já venho exibindo memória deste bicho, para continuar direto no assunto.

— Combinado. Toque aqui. Então, fixe-se na velha matéria de sonho e morte dos homens: a anatomia das fêmeas. O contrário é, outrossim, verdade — para elas, correto? Fale de Biazulmi, limite-se a Biazulmi, à obsessão maníaca e suspeita do moço — suspeita, sim, pois induz a pensar no oposto — por um corpo de mulher. Puf! Bolha de ar, ilusão, quimera, o mundo dos desejos.

— Propões discussão — teológica, ontológica etc. —, mestre?

— Não.

— Olelê. Fico-lhe grato. Obrigado.

— Não há de quê. Mas, e a famosa *teoria*, formulada por Biazulmi, envolvia assunto sério?

— Envolvia.

— Qual?

— Os pentelhos femininos.

— Não diga!

— Se preferes, eu me calo.

— Sem essa. Solta tudo. Solta logo. Desembucha, ó papagaio atacado do mal de Tourette.

— Mal de Tourette, mestre?

— Sim. A doença que de repente leva o indivíduo a contrair uns tiques esquisitos, a gaguejar, a proferir coisas tolas, chulas, de maneira descontrolada, involuntária.

— Ah, bom. Ouça.

Perto do termo de sua vida, após conhecer e revirar inúmeros países-baixos, após contemplar tais como nasceram milhares de gatas, gatinhas e panteras, percorrendo-lhes a geografia dos corpos, extasiando-se com a paisagem, e provando-lhes os diferentes odores e sabores, Biazulmi firmou a crença de que na espaçosa terra não existe uma única mulher com pêlos pubianos de louridão confiável, genuína.

— Ouvi direito? Não há vulva-vulvinha-vulvona enfeitada de rendinhas aloiradas?

— Não.

— Taí o que faltava! Uma asserção maluca, uma barbaridade que esfarela um dos nossos mais antigos e arraigados fetiches.

— Claro.

— Não. Escuro. Permaneço no escuro. Reduzido a são Tomé.

— Por quê?

— Ora, por quê! Porque já verrumei algumas laurinhas cobertas por chumaços fulvos, entre o dourado e o castanho esmaecido. Loiros, loirinhos. E mais: não apenas as varei com meu modesto porém eficiente ferrão, após mimá-las com a língua que o barro comerá, como ainda radiografei nas retinas, e bem radiografados, esses triângulos felpudos da cor dos cabelos da Vênus de Botticelli. Ou das labaredas de uma fogueira de são João.

— Estás enganado, mestre, no que concerne à pigmentação das touceiras femininas. Foste vítima das espertinhas. Pois as que assim te pareceram são oxigenadas, quando as donas não as apararam curtinho, o que lhes confere a ilusão de claridade. Qualquer mulher sabe disso. Homens também. Embora Norman Mailer o ignore e John Updike o acompanhe. Em *A mulher do vizinho* (*One's neighbor's wife*), Updike afirma: "Cada pêlo é precioso e individual, com um papel determinado no conjunto: louro para invisibilidade, onde a coxa e o abdômen se unem" etc. E acrescenta: "Âmbar, ébano, castanho-avermelhado, cor de louro, de castanha, dourado... — essas são as cores da xoxota que elejo". Com agradecimentos e mil salamaleques ("A melhor descrição que li de uma xereca está neste pequeno enfoque de Updike" — "Ele é um dos escritores capazes de enriquecer o próprio texto com adjetivos, sem abusar deles. Possui um talento raro" etc.), Mailer endossa a gritante baboseira em *Os machões não dançam* (*Tough guys don't dance*). E se supera ao tentar descrever a periquita de certa Madeleine, que assevera ter em mãos, enquanto reivindica a criação de um padrão de prosa (o padrão Updike?) na grande cabeça-de-ponte da literatura. Em resumo: nesta de pêlos pubianos, ambos dançaram, Mailer e John do Coelho Angstrom. Porque em definitivo inexiste pêlo loiro ou dourado em peruca de vergonhas de mulher, da forma que um deles menciona e o outro avaliza.

— Pára, cara-pálida. Insinuas que não sou vivido? Ih, Cacilda! Estou me lixando pra tua opinião. Ou pra de quem quer que seja, não excluindo Mailer e Updike. Mas, confessa: e as divas nascidas loiras, na íntegra? Falo das loiras legítimas, não das loiras de farmácia.

— Não escapa uma, mestre, inclusive as louraças da tevê. O que nos remete à bela e elétrica apresentadora, a de sorriso estonteante, que comanda o auditório do domingo pras crianças, deixando de boca aberta e barraca armada todos nós, os marmanjos, no sofá.

— Que pernas!

— Vixe, que pernas!

Boazinhas ou boazudas, não há talvez no que digo: as loiras, no atacado e no varejo, possuem a vegetação capilar das partes secretas castanha, menos as escandinavas, quase albinas, cujos pêlos chegam a ser cor de ouro, conforme apurou nosso amigo Léo B. (*B* de Barão, o apelido dele), àquela altura o principal mulherólogo da revista masculina *Rabos & Rabichos*.

— Deve ter papado um rebanho inteiro, o teu amigo. Entre vacas e novilhas.

— Se papou! Lamento contudo pulverizar o fetiche da maioria dos homens, mestre, que sonham babando com um triângulo pélvico coberto de pêlos cor das bonecas de espigas tenras de milho. Mas o fato é que em época alguma existiram rendinhas ou caracóis dourados no monte-de-vênus dessas miragens anatômicas.

— Um brinde.

— A elas.

(Tintim.)

— E a causa?

— Causa de quê, mestre?

— Ora, de quê! Da inexistência de florestas aloiradas naturais nos montículos pubianos do mulherio, o que classificariam hoje de ecologicamente correto.

— Explico.

Há muito é sabida, a causa. Rabelais, que nada tinha de bobo, abordou o assunto, de raspão, no *Gargântua e Pantagruel*. Quando o monge pergunta por que as coxas de uma donzela são sempre frescas, o herói glutão primeiro esclarece que esta questão não se encontra em Aristóteles, nem em Alexandre Afrodiseu, nem em Plutarco. A seguir, dá como um dos motivos do frescor do entrecoxas das raparigas o ser aquele um lugar sombreado, escuro e tenebroso, no qual jamais penetra ou brilha a luz solar.

Lembra-me agora a descrição do Léo, que bate do princípio ao fim com a observação rabelaisiana.

— Ainda que os caracóis nasçam loiríssimos — disse ele —, com o tempo tomam coloração mais escura, devido à falta de luz. Muitas garotas desinformadas se assustam com essa diferença de tonalidade em cima e embaixo. Receosas de pensarem que elas pintam num lugar ou no outro, acabam clareando o ninho. Se tomassem sol sem a parte inferior do biquíni, conseguiriam o tal tom loiro-natural, deitando cintilações douradas. Depois descobri quão fácil é reconhecer a cor original do outeirozinho de uma gata, mesmo antes de ela livrar-se da roupa. E nem sempre detectamos harmonia entre os cabelos da cabeça e os pêlos da pelve, exceto nas morenas de melenas em extremo pretas e olhos de carvão. Mas há outras, morenas, de chumaços castanho-claros ou escuros, dependendo das nuanças cromáticas dos cabelos e da cor dos olhos. Existem, com efeito, e existem às chusmas, montículos de outros matizes. Se você de fato não teve a sorte de ver um triângulo rubi, quase vermelho, levante, por favor, a saia de uma loira tipo sardenta. A maior surpresa, porém, fica com as sararás farturentas de sardas: têm os pêlos ou acaju ou cinzentos.

— Peraí. Nunca vi pêlos acaju.

— Espero que um dia os contemple, e bem de perto, com eles entrando-lhe nariz adentro, mestre.

— Fiu-fiu, *mon élève*. É morrendo e aprendendo, conforme dizia o filósofo José Sanches Mendes Pancada.

— Perfeito, *mon prof.*

— O que mais lecionou o teu amigo sobre o triângulo dos pentelhos? Ou os pentelhos do triângulo?

— Uma porção de coisas.

— No duro?

— No duro. Alguns cabeleireiros de vanguarda colorem os pêlos das clientes de maneira assaz exótica. A propósito, conheci uma gatinha que não só os tinha coloridos de verde como ainda os exibia recortados em formato de coração. Pela casta das pistoleiras, que gracinha!

— Que mais?

— Deixando de lado a cor dos pêlos, muitas evas transportam vastas florestas, no cobiçado sítio destinado a seu adão. Para reconhecê-las, à primeira vista, basta observar o antebraço, as costas das mãos, as falanges dos dedos e os artelhos. Se houver penugem nesses lugares, ela será demasiado peluda embaixo. A espessura das sobrancelhas também fornece ótimo indício.

Repare, por exemplo, a sobrancelha da atriz brasileira Malu Mader, que confirma de ponta a ponta o que afirmo. Porém, para variar, outra atriz nacional, a Cláudia Ohana — o senhor a conhece?

— De relance. E pose. Várias poses. Em todas, parecia largada, folgadona, em campo de nudismo. Na *Rabos & Rabichos.*

— Que o senhor lê escondido da mulherzinha, não, mestre?

— Esquece. Não sou chegado a práticas ocultas, pecaminosas ou não. *Voyeur* tampouco. Prossiga. A Cláudia Ohana —

— A natureza dotou a Cláudia Ohana de uma das mais belas touceiras negras na forquilha, lá onde as corujas dormem, embora suas sobrancelhas não indiquem nada disso.

— Verdade?

— Meia-verdade. É que ela andou raspando — tão-somente as sobrancelhas. Menos mal, porquanto, nessa questão de raspar, repare: há garotas que aparam o triângulo para poder usar biquíni, perdendo a chance de exibir as rendinhas pubianas. Entretanto, outras, conscientes do tesouro que possuem ali, usando uma tesourinha rombuda de expungir bigode, parcimoniosas recortam apenas em redor do clitóris, para facilitar a vida posta na língua do parceiro, não excluindo as perdulárias que limpam tudo em volta da abertura vaginal, começando do alto da fenda. Objetivam idêntico resultado. O ideal seria que nós, os homens, as aparássemos, por sabermos o que cai bem para elas. Eva ignora, porém temos de ensinar-lhe que seu Adão se extasia ante um montículo peludo, pois além de completa reserva natural dos cheiros da fêmea, eis ali o contraste que eletriza: a mulher é toda lisa e, naquele lugar, esconde — ou exibe, a depender da circunstância — uma floresta que sugere sexo furioso, desatinado.

— Mas há pouco você não advertiu que a sensualidade infrene, descontrolada, arruína o indivíduo, enclausurando-o na animalesca bastilha dos instintos?

— Sim, e é lastimável. Algo insano ocorreu. Destrambelhada por tal insanidade, a maioria das pessoas, sempre a macaquear padrões de pensamento e comportamento, transformou a terra num manicômio. Ora, o sexo, sem o qual a espécie não se multiplicaria, mantém-se, dentro do tempo, e tão-só dentro do tempo, como essencial à evolução. Um mito, delusório a exemplo de todos os mitos, todavia necessário ao mundo das formas. No campo da real evolução, o sexo funciona como um degrauzinho, talvez depressão, atado à dualidade, *yang* e *yin*. No entanto, um dia se tornará dispensável, quando não restar um único do gênero humano que não se reconheça integrado à unidade, inteiramente divinizado.

— Deixa o barco correr. Esse papo do transcendente me interessa, e muito, porém fica pra outra ocasião. Visto que cada qual vai se espiritualizando na medida do possível. Concordas?

— Oh, sim. Concordo.

— Embora não custe nada o amigo refletir no seguinte: o corpo, se tomado como um fim em si mesmo, torna-se o inimigo mortal do homem.

— Ou da mulher.

— Ou da mulher.

— É como o ego, mestre?

— Não. O corpo é apenas um dos alimentos do ego, um dos servos do ego, se mal utilizado. Toda catástrofe se encontra no ego, e o doutor Freud — pimba! — passou perto e nem desconfiou. Passou pela aldeia, teve a aldeia sob os pés, contudo não viu as casas. Não obstante sua genialidade.

— Jung viu as casas?

— Se não as viu com nitidez, do que aliás se duvida, Jung as vislumbrou. Em especial, no processo de individuação e no inconsciente coletivo, sem esquecer a sincronicidade. Outros, que não são deste mundo, conquanto nele vivam ou o freqüentem, não somente trilharam ou conhecem todo o percurso como ainda iluminam e nos mostram o caminho.

— Quem?

— Ora, você sabe quem.

— Sei, sei. Mas, enquanto milhões ou bilhões não alcançam essa meta, ou a vão alcançando, um a um, aos pouquinhos, continuemos com Biazulmi.

— Ótima, aquela teoria — a teoria dos pentelhos. Como teoria, veja bem. Do teu amigo, o da *Rabos & Rabichos.*

— Pois foi esta formulação do Léo B. que Josenildo atribuiu, em parte, a Biazulmi. Em linhas gerais, uma proposição já conhecida, e proclamada, desde Aristófanes, Boccaccio, Ovídio, Rabelais, Sade, Sacher-Masoch, não menosprezando Henry Miller, Georges Bataille, Burroughs, Alexandrian, Cela e quejandos.

— E quejandas também, se me permite feminizar a palavra. Safo, Pauline Réage, Anaïs Nin —

— E por aí vamos.

— E por aí íamos, porque agora, irmão, quero ouvir sobre o noivado desfeito, ou melhor, sobre o noivo que Biazulmi converteu em viúvo sem casar, pobrezinho, defronte do altar-mor, diante de multidão boquiaberta e debaixo do olhar vítreo dos santos e santas, nos nichos. Sinta: minhas orelhas se levantam — estou maluco por saber. Confirme ou desminta: verdade que a imagem de santo Antônio piscou três vezes e a boca do Totonho casamenteiro se escancarou, partindo o gesso, num átimo?

— Que sei eu, mestre? Mas o professor Higino Paleólogo o registra. Na oitava pasta dos alfarrábios.

CAPÍTULO IX

DIANTE DO ALTAR-MOR, NA IGREJA ABARROTADA DE CONVIDADOS, A NOIVA DE SUPETÃO DECIDE FUGIR COM BIAZULMI E ABANDONA O NOIVO, QUE ENTRA A RECEBER PÊSAMES EM LUGAR DE FELICITAÇÕES. DE COMO O CORNO ANTECIPADO CAI PELA ÚLTIMA VEZ NAS GARRAS DAS MULHERES-FAROL DE MARÍLIA TRIANON, RENUNCIA À FALSA POSTURA DE *LATIN LOVER* E VIRA *HIPPIE*, ARAUTO DA CONTRACULTURA, NA BOCA SÓ "PAZ E AMOR, BICHO, PAZ E AMOR"

Embora determinado a buscar novos horizontes, tão vastos quanto a sua ambição de mulherengo, o destino, ou que outro nome tenha, prescrevera que Biá-Biazulmi somente levantaria âncora depois de envolver-se em feito sensacional, à altura de seu cartaz e da cidade onde nascera.

Pondo os próprios dotes nas nuvens, um moço cismou poder rivalizar e desbancar o Príncipe nas duas coisas — mulher e sinuca — em que ele era imbatível. Na sinuca ou no bilhar, tantas vezes o jovem desafiara, tantas dera com a cara na parede. E de forma humilhante, coitadinho. Mas nem assim desistia.

— Dos tais para quem o importante é competir, não sagrar-se vencedor? Acertei?

— Na mosca.

— Como se chamava o desventurado mancebo?

— João Janota Invejolino. Ou Invejalino, não me lembro direito, mestre. Deu-me um branco na memória. Invejolino ou Invejalino, João, apelido Bobo Alegre.

Apesar de cascateiro, Bobo Alegre recebera algum quinhão de boniteza, cujo inventário é o seguinte: olhos verdes, esbeltez, atrevimento tocando as raias da temeridade, bigodinho insinuante e cabelo à Elvis Presley: o topetão, untado de gomalina, enfeitava uma cabeça com conteúdo de ovo podre por dentro. Todavia, sabia dançar e lançar galanteios.

Enfim, o que desperdiçava em audácia decerto fora subtraído ao cacife mirradinho, não sendo ele páreo para Biazulmi nas bolas de cores várias impulsionadas no pano verde, perante enorme assistência. Tampouco

— Que esperança, ó querubim!

no arremessar o taco em meio às bolas com que nascera para o interior das caçapas pélvicas, longe de vistas intrusas, no lusco-fusco dos quartos ou em sítios desabitados.

— As gaúchas adoram chamar testículos de bolas, reparou?

— Reparei. Tive uma namorada dos pampas, que prenda! Descendente de alemães, por um lado, de italianos, por outro, trineta de caudilho federalista, no instante da erupção orgástico-vulcânica ela aprontava um pampeiro de "Enfia esse lango-tango até o cabo, tchezinho, junto com as bolas, enfia tudo, não deixa de fora as bolas. Oi-oi-oi, ui-ui-ui-oi", ela gritava, "as bolas, meu guasca, ai que as bolas vão entrar, ai que não agüento mais, potro xucro sem-vergonha mas querido". E por aí desandava a potranca, um completo compêndio de história, tarada por ditos fesceninos. "Ai, maragatozinho mais fogoso que trinta pica-paus republicanos, bandido guapo das coxilhas." Eu, mestre. O bandido guapo das coxilhas era eu.

— Felizardo.

— Não nego.

— E que combates federalistas (eu glosava: foderalistas) travávamos, no campo de batalha do colchão d'água ou da cama giratória, as paredes do motel estremecendo de prazer e medo, medo e prazer andam juntos, *par nobile fratrum*, Castor e Pólux, cara e coroa, irmãos siameses. E o teto, coruscante de espelhos, balançava, o chantagista, ameaçando despencar. "Dane-se o teto", mal tinha tempo de pensar. Pois nunca vira tão aguçada consciência erótico-revolucionária, mestre. Nem em sonhos. E como conhecia e bebia bem a gauchinha! Por Baco! De quatro a cinco garrafas de vinho, antes e depois — Bolla, Valpolicella, legítimo tinto italiano. Ou o argentino Trapiche. E o degas aqui, ó: só ajudando!

— Calma, tchê! Bonita voz, tens garganteio de locutor e comentarista esportivo, porém aqui sentaste, defronte deste Araguaia amado, não para contar as tuas gauchadas, e sim a vida de Biá-Príncipe-Biazulmi.

— Perdão, mestre. É que a lembrança da prendinha de Bento Gonçalves, de corpo perfeito e olhos de esmeralda, me joga fora dos trilhos. Prossigo? Prometo não reincidir.

— Prossiga.

Desafiado com obstinação e cricrilagem, Biá-Biazulmi vez ou outra, e um pouco por gozação, encarava Bobo Alegre, mas apenas na sinuca e no bilhar. Porque em matéria de coração feminino

— Que história, asno dos asnos! Não podendo com mandinga não carregue patuá. Vá pentear macaco, Bobo Alegre. Com a breca! Comigo não tem barriga-me-dói. Se quiser, trate de ir chorar na cama, um lugar sempre quentinho —

o Príncipe não dava a mínima quando Bobo Alegre engrenava algum papo de mulher. Por conseguinte, em assunto feminil, fazia tanto caso do raquítico competidor como da lama da rua. Ou da dor de ouvido cujo efeito não sentia. Menos até do que isso.

Biazulmi possuía taco especial, importado, guardado em estojo de luxo, no Polak's Bar Bilhar, de Nestor Sizefredo. Nestor Sizefredo, em traços sumaríssimos: um boa-praça brancoso e educado, filho de um sábio, antigo professor de história e helenista, de quem herdara certo vezo para o estudo. Além do mais, Nestor Sizefredo apresentava-se como ex-quase-tudo — ex-seminarista, ex-filósofo, ex-poeta, ex-crupiê, ex-gigolô etc. —, porém notívago vitalício e boêmio refinado. Também chamavam Nestor Sizefredo de o Rei da Noite, em virtude do requinte das casas noturnas que montava, sendo que já montara e desmontara entre catorze e dezessete. Com elas Sizefredo Rei da Noite ganhava dinheiro a rodo, escapando contudo de tornar-se milionário (e assim ter menor chance de salvação que a do camelo em passar pelo fundo da agulha) porque a terra jamais conhecera homem tão perdulário. Daí Mão-Aberta, seu segundo apelido.

Dos templos de esplendor e erotismo que erigira, Nestor Sizefredo Rei da Noite Mão-Aberta orgulhava-se sobretudo daquele que simbolizava o espírito de Erosópolis, réplica moderna, e até pós-moderna, de Sodoma e de Gomorra: a chiquérrima Boate Afrodite Frinéia & Cavalheiros para Vênus, a qualquer hora da noite entupida de gente — bêbados endinheirados ávidos de lazer lascivo e bacantes seminuas peritas em depená-los, gastando os corpos de vidro em busca de uns trocados, a parte de leão da dinheirama enchendo os cofres da casa. Devorador de biografias baratas, Nestor Mão-Aberta Rei da Noite Sizefredo tinha um fraco por celebridades, a ponto de dar aos três filhos, na pia batismal e no registro civil, nomes por ele próprio compostos, na seguinte ordem: Dante Shakespeare Virgílio Homero Taylor Coleridge Sizefredo, o mais velho, para desgosto do pai alcunhado de Virgilim; Churchill De Gaulle Ben Gurion Gandhi Bismark Sizefredo, o do meio, ao qual todos chamavam de Míster Salsinha, apenas por possuir rosto bonito, olhar lânguido e um —

— A bem da verdade, vou revelá-lo, mestre. Mentira não faz o meu gênero

um jeito francamente adamado. Por fim, a caçulinha: Katherine Mansfield Emily Brontë de Virgínia Woolf Sizefredo, loirinha, mimada, paparicada, de inteligência rala, sem alcunha pejorativa — tratavam-na de Kath, a inofensiva Kath —, um colírio para os olhos, risonha promessa de mulherão no futuro. A promessa aliás se cumpriu à risca, seguindo a receita infalível de sucesso na passarela — loira, burra e bonita —, em que pese o acúmulo de inteligências no nome. Tanto que Kath Mansfield Etc. conquistou todos os concursos de beleza citadinos, depois o geral provincial, não se elegendo Miss Brasil por rebolar com duas polegadas a mais no bumbum, idênticas às que retiraram Martha Rocha do pódio da formosura universal.

— Biazulmi — crau! — desfolhou esta pétala, coroada e em outras plagas?

— Desfolhou quem, mestre? Martha Rocha?

— Não, a Kath também do Morro dos Ventos Uivantes Sizefredo. Faturou ou não faturou a filha do boa-vida Mão-Aberta?

— Na época, impossível. Muito pequena, mestre, a menina Kath.

— Mais pra frente, irmão. A moça, célebre, bela e bunduda, não correu mundo?

— Correu.

— E Biazulmi ia deixar de fisgar um peixão desse naipe? Ainda por cima conterrânea e filha de quem era.

— Não contesto, mestre. Mas nada consta dos anais. Ninguém jamais ventilou bulhufas a respeito. Nem o professor Paleólogo nem o mano Josenildo.

— No bar do pai dela. Bobo Alegre. No — como se chama? Refiro-me ao diabo do bar.

— Polak's Bar Bilhar.

— Ali, Biazulmi sempre punha o tal de Bobo Alegre numa sinuca-de-bico. Humilhava-o, você disse.

— Positivo. Mas não o humilhava de caso pensado — nunca, nunca desceria a tanto —, e sim por culpa da impertinência do pobre João Janota Invejolino, ou Invejalino, o Bobo Alegre, o cricri dos cricris, um chato de galocha.

— Acredito. Solta o resto.

— Jogavam vida. Sabe o que é *vida*, mestre?

— Sei. Mas ando meio esquecido.

— Num instante te refresco a memória. Antes, tintim.

Tintim.

— Cerveja saborosa, hein? À saúde das piranhas!

— As de guelras ou as de biquíni?

— As duas. Ambas têm dentes navalhantes, são carnívoras, às vezes vampes, dia e noite vampirescas, incansáveis trituradoras de corpos.

— A elas. A *vida*, então...

Os dois jogadores depositam a grana da aposta na caçapa, mestre. Ao redor das mesas, nos salões repletos de sapos, perus, mirões — a fauna de palpiteiros excitados mas silentes —, é de praxe, é de lei, é da grei a bolada ir aumentando, o número de partidas adrede combinado. No final, o ganhador embolsa tudo. Sinopticamente, eis o jogo chamado *vida* — que a depender da região sofre alteração de forma, não de substância —, disputado no pano verde, limpinho. Aposta-se por inclusão a despesa — cerveja, tira-gostos etc. Se os jogadores são os bambas, a assistência faz sua fezinha, casando entre si, e em separado, o seu rico dinheirinho. Com Biazulmi no páreo, proliferavam também as apostas paralelas, contanto que o oponente recebesse larga vantagem, vários pontos de lambujem.

Com patos tipo Bobo Alegre, Biazulmi descartava o serviço de bebidas, pois não se dava ao trabalho de beber com qualquer um. Aliás, ao contrário dos conterrâneos, Biazulmi bebia pouco, e em ocasiões especiais, com gente especial, bebida especial, a própria reserva e parcimônia em ação. E jamais pusera um cigarrro na boca.

— Por causa da halitose?

— Talvez.

Bobo Alegre, por seu turno, bebia feito gambá, fumava qual chaminé. Cigarros Hollywood, com filtro. O que decerto agravava a instabilidade, o nervosismo, à beira do *delirium tremens*, do rapaz, a suplicar

— Garçom, outra dose. Correndo.

— É pra já!

E Biazulmi nem aí para os nervos do almofadinha. De forma que, quando este torrava a paciência além do concebível, obrigando-o a defrontá-lo na sinuca ou no bilhar, o herói depenava Bobo Alegre sem dó nem piedade. Uma judiação, mestre, conquanto necessária, merecida.

— Merecida?

— Merecidíssima. De tanto o janotinha instar. Com chatos deste jaez não há cristão que agüente. E como, mestre, quem procura sempre acha, e quem se transveste em ovelha o lobo o come, tome, malandro! Biazulmi o desancava.

Caladão. Calado e concentrado, Biazulmi jogava o fino. Cada tacada, mestre, cada jogada de se pedir repeteco, "Bis", "Bis", "Repita esta, cracão!" Uma classe nunca vista. E entre uma e outra dava aquelas paradinhas elegantes, calculadas, pseudo-displicentes, a ajeitar o punho da camisa, mas alerta, tão previdente quanto ourives trabalhando. Importunado até a raiz dos cabelos, apesar de calmo na aparência, a partir de determinado momento, com o intuito de ver se o pato desistia, Biazulmi optava por encaçapar de revestrés — em geral a bola sete.

— De revestrés?

— Sim, mestre. De revestrés.

O taco manipulado pelas costas, no puro deboche, em posição que exige flexibilidade de contorcionista, visão e maestria, desvelo de perfeccionista. Em suma, para o perdedor, a suprema humilhação.

Ainda assim, Bobo Alegre não se enxergava. Continuava desafiando, aporrinhando, enchendo o saco.

— Pulemos para o outro hemisfério — o das mulheres. Entendido?

— Entendido.

Alguém viu, pressentiu ou desconfiou que Biazulmi demonstrara interesse por Fulana? Bah! Um sinal bastava para que Bobo Alegre desse em cima de Fulana. Às vezes, de molecagem, lhe ofereciam pistas falsas. E o pobre se destrambelhava. Caía de marcação sobre a dona, fácil ou difícil, recatada feito vestal, séria como irmã de caridade, irmã hospitaleira, freirinha, passada dos oitenta, ou assanhada qual piranha à altura da baixeza de um devasso caprino e abatinado da Cartuxa.

— De Parma?

— Tira Stendhal da cabeça, mestre!

— Tiro. Desde que me conte: Bobo Alegre deu em cima de quem?

— De Delzuite Sabichona.

Já meio vitalina de tanto fingir seriedade de carmelita, embora dançasse no clube e ninguém se arriscasse a pôr a mão no fogo por ela, Delzuite Sabichona era seca que nem vara, espevitada e normalista. Mas tinha lá os seus encantos — miúdos, mas tinha. Mesmo se proclamando ornada das virtudes morais e teologais, Delzuite Sabichona não possuía senão língua, metendo o bedelho em tudo. Em pleno Baile Pré-Apoteótico (no Clube Dois de Julho, de Erosópolis, davam a cada baile um nome, e que nomes! alguns até estrambóticos, mestre, porque havia baile toda noite, sem olvidar as matinês dançantes), não suportando as instâncias do muchacho trolado, trôpego, pra rodopiar com ela de contínuo, e sobretudo farta de suas cantadas, amassos e quiçá do mau hálito, Delzuite Sabichona deixou-o falando sozinho no centro do salão. E por sua alta recreação provocou cascata de gargalhadas ao dizer quase gritado a Bobo Alegre, a voz vibrando de ironia, veneno e dramaticidade:

— Neném, que íngua você me saiu. Vá pro seu larzinho, pra caminha, atracar-se com mamãe. Peça a ela uma boa mamadeira, cheinha de leite, e não de aguardente. Mamãe vai adorar.

Cai, cara! Apesar do pileque, por pouco a cara de Bobo Alegre não se espatifa no chão. No fim restou-lhe o recurso de botar o rabo entre as pernas e, debaixo de tormenta de apupos e vermelho qual pimentão, ir afogar a vergonha, primeiro num boteco de quinta categoria, depois no antro de sensualidade de Marília Trianon, a Marília Dá-Atrás. Ali ele sempre bancava o otário, pagando mate com água tônica, em lugar de cuba-libre legítima, para as mulheres-farol.

— Mulheres-farol?

— Sim, refiro-me às meninas de vida pseudo-alegre, por artes daquele ofício de artifícios sacanas — ofício aliás reputado o mais antigo da terra.

— *Reputado* é ótimo, primo! Lembra e de certo modo engloba deputar, deputação, reputação... Reputação, que puta palavrazona, quer dizer, palavra-sujeita de duas caras, fingida, hipócrita, tartufa, pudicona, pudibunda, palavrazona meio Raimunda (feia de cara, metida a boa de bunda), marafona, santarrona, papa-hóstia, mula-de-padre, égua de sacristão, engolecobra de quem quiser, perua de todo peru, loureira de qualquer lourico, messalina com pose e cara de vestal.

— À breca com esses insinuados e infames trocadilhos, no presente caso felizmente abortados, embora eu saiba aonde, proferindo-os, o mestre com eles quis chegar...

— Lance fácil, facílimo de sacar, ó êmulo dos deuses! Quis chegar aos homens públicos, perfeitas réplicas das mulheres públicas. Dito de diferente forma: quis chegar aos homens-farol, vale mencionar, os que compõem as casas legislativas, as velhas casas de tolerância constitucionais, institucionais, em certo sentido marilianas-trianoniais, só que tamanho família, ou melhor, tamanho pátria — federais, estaduais, municipais. Ao lado das irmãs siamesas, que se proclamam palácios — o executivo e o judicante —, elas formam a tríade despudorada do poder. Se foi nisso que pensou, matou. A pau.

— Foi.

— Bidu. Compadre adivinhão.

— Agradeço o elogio, mestre, mas não é hora de queimar neurônios com a depravação do Estado, ou com o Estado depravado, perverso, pervertido, cuja função permanente e precípua é sodomizar o cidadão, e este — incrível, mestre, incrível! — ainda paga para se sentir sodomizado, via centenas de impostos, taxas, emolumentos, multas, o diabo, lançados no kamasutra das leis.

— E as cidadãs? Entubadas, elas também pagam. Iguaizinhas aos homens.

— Iguaizinhas.

— O melhor da festa, mestre, nessa suruba federal, chancelada no geral por eleições, conquanto às vezes mantida a ferro e fogo pelas botas dos quartéis: a maioria dos paisanos — presume-se —, caída de quatro, até gosta. E entra em orgasmo.

Múltiplo. No maior regozijo, no maior alvoroço, cada qual gritando: "Eu exijo o meu osso, eu exijo o meu osso!"

— À moda do Raul Seixas?

— Não. Porque Raul Seixas, no *Moleque maravilhoso*, genial, exigia o seu osso brincando, parodiando, gozando a classe média, a debilóide paranóica classe média que procura com avidez e não consegue abocanhar para roer um ossinho já sem fiapo de carne. Mas nem assim desiste, a coitadinha, de viver chafurdada na lambança promíscua com os "estadistas" e afins, os eternos comedores de filé.

— Uma festa de dois ambientes mas de arromba!

— É. A cangancha de sempre. Em toda parte. Há milhares de anos. Palhaçada transcontinental, hoje globalizada, estandardizada, sob a capa, o difarce, Virgem Santa, da — arre, que palavra! dá engulho repeti-la: reputação. A reputação engravatada dos políticos e quejandos. A célebre respeitabilidade.

— Que vem a ser a mesma carapuça ou carapaça dos togados, dos fardados, dos inspirados no púlpito, dos embrulhados e engessados na família, a célula *mater* dos interesses socialmente organizados.

— Respeitabilidade, convenhamos, que outra coisa não é senão a busca, o objetivo, a máscara de todo homem superficial, envilecido, eleito ou eleitor, votante ou votado — malvotado, bem-votado, devotado etc., tal amo, tal criado, porcada olha o teu chiqueiro.

— Votar constitui de fato uma atividade de escravos, mestre?

— Constitui. O homem livre, completo, jamais precisa de líder. Para nada.

— Como existem raríssimos homens livres no mundo, os canalhas se dão bem — apoiado?

— Apoiado.

— Falo da caterva dos manda-chuvas, dos demagogos, dos gigolôs da patuléia e do erário, os mortos por mandar e comandar. Em todas as esferas, religião inclusive.

— Embora, no fundo, um diagnóstico preciso comprove que os mandantes superam em carência, em doença — mental, psicológica —, a massa fodida dos que os guindam ao poder.

— Lógico. Contudo, se imaginam vivendo no bem-bom, os malandros.

— Se imaginam!

— Mas, chega! Doravante nem um pio sobre eles. Pois, de tão desprezíveis, não valem o que o gato enterra, mestre. A propósito, em que ponto estávamos? Onde parei?

— No puteiro de Marília Trianon, com Bobo Alegre — glugluglu — enchendo a cara. Ao lado das minas convertidas em mulheres públicas, ou farol, perfeita equivalência dos homens públicos, homens-farol, conquanto bem mais respeitáveis do que eles.

— Certo. Trinta mil vezes mais respeitáveis. Sim, senhor. Quanto a elas, se limitam a engambelar os trouxas, mestre, aumentando o lucro da casa, em particular o de fonte etílica. Uma fonte — convenhamos — que, sob o comando de Marília, jorrava sem cessar, incluindo o truque da troca de copos, as bebidas falsificadas e outros embustes destinados a abrir caminho à cirrose e ao desejo de morte das ressacas tenebrosas.

— E o Bobo?

Mal Biazulmi abandonou Erosópolis, mestre, não se sabe o que deu na cabeça de João Janota Invejolino, ou Invejalino, dito Bobo Alegre. O fato é que de repente o moço perdeu a compulsão de atleta sexual: mulher passou a ser algo indiferente para ele. Nem ligava. Nem aí para elas. Nesse meio-tempo, deixou o cabelo crescer, virou *hippie*, porta-voz da contracultura, na boca só "Paz e amor", "Paz e amor, bicho", "Paz e amor". Vivia a repetir discurso recortado ou de revista ou de jornal nanico, a título de contestar a ordem burguesa vigente, o tempo todo cercado de cinco ou seis gatos-pingados, psicodélicos e menos inteligentes

— Menos inteligentes?

— Sim, mestre —

menos inteligentes do que ele.

Eis o tal discurso, capaz de irritar até os postes, de tão declamado nas feiras, espalhado nos muros e em panfletos mimeografados, e cujo original, amarelecido, autêntico, quase ilegível, encontra-se anexado ao calhamaço de Paleólogo: "Queremos agredi-los com santidade — queremos fazê-los levitar com júbilo — queremos abri-los com vasos de amor — queremos vestir os desgraçados com linho e luz — queremos pôr música e verdade em nossa roupa de baixo — queremos fazer a terra e suas cidades refulgirem de criação!" (Julian Beck, *apud* Vianinha — Oduvaldo Viana Filho —, *Rasga coração*, eis o que se descobriu mais tarde).

— Quem é ou foi Julian Beck?

— E eu sei? Apenas retransmito o que anotei dos alfarrábios de Higino Paleólogo.

— Ahn-rã. Avante.

Dando seqüência e conseqüência a tais palavras de ordem, Bobo Alegre dedilhava um violão, maltratando de dar dó o pobre pinho, enquanto, bancando o *crooner*, engrolava com o grupo de maluquetes umas canções de cujas letras nenhum ouvinte — mesmo os de ouvido afiadíssimo de tísico — pescava o que quer que fosse. Pois não passavam de algaravia de protesto social misturado a arremedos de mantras e loucuras pseudo-esotéricas, ou pseudotântricas, que o rapaz garantia exprimir estados de consciência superior a que dava o nome de *pop-art*.

— A *universidade aberta*, caminho a trilhar no futuro — emendava.

Enfim, uma mixórdia tendente a levar o esqueleto de seres que não sejam do calibre de Yogananda e Sri Aurobindo a se revirar na cova, visto que, puros espíritos, os avatares habitam esferas elevadas, e elevados continuam se se dispõem a permanecer em meio à humanidade terrena, ocupando-se de obras de altíssima transcendência, que sobreexcedem o corpo, o pensamento e as mais banalidades circunscritas ao tempo e à matéria. De qualquer modo, ninguém prestava atenção a Bobo Alegre e acompanhantes, salvo algum velhinho caridoso, surdo e míope, a atirar com a escopeta do que considera compaixão, no rumo dos jovens rebeldes, moeda miúda, distraída, posto havê-los tomado por retirantes nordestinos, famintos, esqueléticos, de passagem pela cidade.

Entretanto, antes dessa metamorfose, quando ainda se julgava um tremendo *latin lover*, capaz de desbancar Biazulmi, perto da data em que este deixaria Erosópolis, Bobo Alegre contra a geral expectativa resolveu se casar. Muitos imaginaram que ele criara juízo, poucos que o perdera de vez, pondo fim à carreira de conquistador marca traque.

Súbito, zás! Preparativos em andamento, a dois meses do casório, eis que Bobo Alegre acha de dar em cima — talvez seu canto do cisne, sua despedida de solteiro — sabe de quem, mestre?

— Não.

— Da irmã de Biazulmi. Vanusa.

— A mais velha?

— Não, a mais jovem.

— Uma recaída? De...

— De Bobo Alegre, ora! Em sua compulsão de dom-juan.

— Que coisa!

— Entrou a cortejar a menina com despudor de galã de feira atrás de viúva assanhadinha.

Tentou de tudo, oferecimento de balas, confeitos, voz melosa, ares de pai, mão boba passeando aqui e ali. Em vão. Duma feita, encontrando-a sozinha, quis possuí-la na marra. Vanusa, quase criança, desatou a berrar, igualzinho a uma possessa. Pessoas acorreram em socorro, o malandro escafedeu-se, branco que nem o cadáver de um branquelão defensor de idéias racistas na neve. Frustrado, amedrontado, bebeu todas e uma pá de saideiras, indo acabar a noite, pra variar, no puteiro filé-mignon de Marília Trianon, a Marília Dá-Atrás.

Dia seguinte, em pleno apogeu do *footing*, na praça do Mercado, Josenildo aplicou-lhe surra de causar bicheira, o povo assistindo e aplaudindo, aos gritos, "Bem-feito, bem-feito", "Esse moleque andava — e como! — precisando de corretivo em regra", "A grandes males, grandes remédios", "Quem se mete a besta pede a Deus que o mate e ao diabo que o carregue". A gente de Erosópolis admitia tudo, mestre, exceto curra, violência. Aí de jeito nenhum, seu Nahum, aí o carro pega. Noves fora isso, era deixar a Terra confirmar Galileu, a rebolar em torno de si própria e do Sol. Tudo na base do amor, numa boa, quer se tratasse de incesto, ou mesmo pedofilia, desde que as facções se pusessem de antemão acordadas.

— Atenas no período áureo? O império romano em decadência?

— Possível. Ou Sodoma ou Gomorra. Por indução e dedução.

— E o Príncipe Biazulmi?

— Quê-que tem ele com o peixe?

— Participou do espetáculo? Ajudou o irmão a aplicar a tunda no salafrário?

— Não.

Biazulmi assistiu a tudo a distância, mestre, de braços cruzados, sem mover um músculo, sem demonstrar a menor preocupação ou desejo de tomar parte na vingança que o mano tirava do falso rival e malogrado estuprador. Sua majestade não se permitiu intrometer-se. Pudera! Em matéria de coragem, destreza e força, a superioridade de Josenildo, no imbróglio, bastava e sobejava.

No momento em que Josenildo desferiu a última cintada no corpo lanhado e gotejante de sangue do infeliz, os olhos de Biazulmi fingiam fitar um canário-da-terra que cantava no galho do tamarindeiro defronte. Não obstante, os que bem o conheciam jurariam que ele relanceava olhares às pernas das garotas, entregues ao vaivém e à alacridade do *footing*. E por sinal dando bola, as minas, disputando-o entre risinhos e telepáticas combinações de encontros, horas depois, em outro lugar.

O tempo, porém, escoou. O tempo embora escasso veio esfregando sua borracha invisível nas coisas, e neste mundo não há melhor lenitivo que ele, quanto mais para um cabeça-de-vento do calibrezinho de Bobo Alegre. De resto, se se podia dizer deste moço cobras e lagartos, tachá-lo de patife e paspalhão, ninguém de consciência limpa ousaria negar-lhe a virtude de não guardar rancor. Pois Bobo Alegre esquecia as ofensas com a rapidez do vento, porque no fundo era puro, quase um santo. Aliás, todos nós somos santos, concorda? Potencialmente falando.

— Apoiado. Mas, e o casamento do almofadinha? A sova não acabou com o casamento?

— Não. Nem sequer o abalou.

A data se aproximava. Se me acode a memória, faltavam duas semanas pra cerimônia, quando a bomba estourou.

— Bomba? Suicídio ou o quê?

— Nem tanto drama, mestre. Biazulmi viu-se de súbito convidado.

— Para a festa?

— Sim. E também para padrinho. Padrinho de casamento. Adivinha de quem?

— Da noiva.

— Errou.

Bobo Alegre enfatiotou-se, terno e gravata impecáveis. Querendo revestir a ação de peso ou seriedade solene, pediu à mãe que o acompanhasse. Nem aí pro passado, afetando nada haver acontecido, ei-lo na casa de Biazulmi. Humílimo, suplicou ao

Príncipe que lhe desse a honra — a "subida honra", declamou — de apadrinhar-lhe o ingresso no rol dos homens sérios.

— Os casados?

— Sim, os casados.

— Ah, você me mata de rir! Biazulmi aceitou?

— No ato, mestre, e arrebatado de alegria.

Pois o Príncipe era homem educado, de educação inata, genuína. Para completar, a hospitalidade se incluía entre os primeiros artigos do código de honra de Erosópolis, ficando atrás apenas da sensualidade.

"O hóspede é Deus", reza o provérbio hindu: Erosópolis o praticava.

Assim, podia surgir o pior inimigo, o assassino do pai, o que desgraçou a família. Ultrapassou o umbral de seu lar? Além de recebido de portas e braços abertos, via-se cumulado de atenção e respeito, tratado em certo grau como parente próximo, querido. Mestre, em Erosópolis as inimizades duravam tanto quanto um aperto de mão.

Mulher feita e perfeita pela proa e pela popa, a noiva de João Janota Invejolino, ou Invejalino, dito Bobo Alegre, estalava de beleza — uma beleza pouco vista no planeta. Ganhava de várias atrizes badaladas do cinema ou da tevê, coisa aliás comum em Erosópolis, a terra do mulherio fora de série.

A noiva de Bobo Alegre em esboço: um morenaço de olhos verdes, corpo de passarela, rosto de modelo, das que a gente hoje come com a testa em desfiles de *griffes* famosas que a televisão exibe dos grandes centros da moda, Londres ou Paris, para a "alta costura" do terceiro mundo imitar nas confecções de fundo de quintal, e com elas vestir e deslumbrar a grã-finagem nativa, deixando a pobreza desdentada e inanida intoxicada de inveja, cobiça e raiva dos ricos. A noiva de Bobo Alegre, passada de novo em revista: das de fechar o comércio, de fazer guarda engolir o apito durante o *rush* no trânsito, e ainda: de obrigar pastor protestante a berrar "Renego a fé, caralho, quero foder, pecar, foder, meu reino por esta lindeza!"

Agora, a surpresa das surpresas, mestre: Sonsaura, a noiva de Bobo Alegre, era a única em tão esplêndida idade — ia pelos dezessete — com quem Biá-Biazulmi nem sequer flertara.

— Não diga!

— Palavra.

E cumpre sublinhar, mestre: a única erosopolina bonita da qual os pensamentos do Príncipe — ninguém sabe por quê — mostravam-se virgens. Quando nada, até aquela data.

— Algo inaudito — não, irmãozinho?

— Sim. Incrível. Inexplicável. Parece troço de romance-folhetim, de Eugène Sue, ou outro autor meloso qualquer. Mas é a pura verdade. Tão verdade quanto este Araguaia correndo plácido — mais plácido se visto a distância —, caudaloso, este rio grande e poderoso, semelhante no mapa a uma serpente desdobrada, com a cabeça no mar, pensando no mar, antes do abraço líquido, fenomenal, com o Tocantins, lá em cima, o corpo em aparente repouso, curvado sobre vasta região, a cauda perdida na terra.

— Epa! Isso lembra Conrad. Pinçado de Conrad. *Heart of darkness*.

— Que li em tradução — não minto. Ponha, porém, na conta da intertextualidade, mestre, o novo nome do plágio.

— Com efeito. Bobo Alegre então ia se casar?

— Ia.

As núpcias se realizariam numa sexta-feira, mestre, oito, mês de maio, o das noivas.

— E também o mês das flores.

— E também o mês das flores.

— Dia de santo Antônio, o casamenteiro?

— Ignoro-o, mestre. Minha memória sempre me deixou na mão em matéria de hagiologia, de referências a santos.

Pregão corrido, banhos publicados, surge o ansiado momento: o casório na Matriz ia se consumar, como manda o figurino.

— Olé!

— Olá!

Com solenidade e pompa, a nave atapetada, atopetada de gente, os convidados nos trinques, as alas de padrinhos e madrinhas a exibirem inigualável simetria e luxo, as daminhas de honra, Nossa, que anjinhos, que princesas! Enquanto o protocolo mantinha tudo sob controle, dentro e fora do templo feérico de santidade e luzes,

bah!

a marcha nupcial rompeu com uma oferenda de Johann Sebastian Bach. Engrinaldada, a noiva puxava aquele nunca-acabar de vestido de cauda branca flutuante, como se de enfiada as ondas, as espumas do mar, reunidas, corressem atrás dela. A noiva

— Santo Antônio, meu santinho, ajudai-me a descrevê-la!

parecia saída de um conto de fadas. Ou de tela de cinema. Indescritível, mestre, a senhorita Linda Sonsaura.

Sabe-se que toda noiva é bonita, ou se presume bonita — mas aquela, aquela!? Sim, mestre, eis a costela pela qual qualquer homem, em qualquer tempo, em qualquer lugar, daria tudo — honra, dinheiro, reino, cavalo, iate, a própria vida — pra levar pra cama. Tanto que ninguém, nem mesmo os apóstolos em seus nichos, desgrudava os olhos dela.

A Igreja à época seguia as tradições conciliares, nem por sombra se cogitando da avacalhação hoje reinante. Ao chegar à parte em que o sacerdote reitera "Se algum dos presentes possui um motivo de impedimento para esta união, não declarado nos proclamas, adiante-se, fale: eis a hora de mencioná-lo" —

pelos sagrados castiçais e velas, pelo sangue de Cristo, mal o padre largou a deixa — meeestre! adivinha quem ergueu o braço?

— Biazulmi?

— Não. A noiva.

— Amo outro!

ela gritou.

— Amo outro!

repetiu, e correu em direção a Príncipe-Biá-Biazulmi. E os dois, como se de língua passada, na maior naturalidade, remirando-se voluptuosos, enlaçaram as mãos e desceram os degraus do altar.

Deixaram o templo num caminhar cadenciado e delicado, frontes erguidas, enquanto morriam os acordes da oferenda musical de Bach. O piano emudeceu-se qual criança que adormece. Mesmo o vigário, um velhinho calejado mas que nunca houvera presenciado tamanho absurdo, ficou de mão eternamente suspensa, um "Santo Deus!" entalado na garganta — acesos, arregalados, os holofotezinhos da visão exterior não lhe cabiam nas órbitas. Todo mundo pasmo, mestre, imitando a imobilidade de gesso das imagens. No transcorrer de um bom par de minutos, vivalma alguma se moveu, sequer um milímetro, de onde se postara.

— Em que aprazível local foram curtir a ilícita lua-de-mel?

Ouviu-se o ronco de um motor. Olhos dardejantes, estufados de curiosidade e malícia, em breve tempo depararam os dois pombinhos num luxuoso balneário de turistas.

Ao cabo de uma semana, Linda Sonsaura retornou à casa paterna, felizona, os lábios desabrochados em permanente sorriso; para ela, nada que não estivesse de acordo com a ordem das coisas e as leis da natureza havia ocorrido, salvo portanto passeiozinho de rotina, tipo fui ali e já voltei, tudo dentro do normal.

— Nenhuma tentativa de vindita?

— Não.

— Quer que eu acredite que o noivo não partiu para a desforra?

— Mestre, o senhor não conhece Erosópolis! Vencido o primeiro susto, Bobo Alegre aceitou os pêsames, em lugar de parabéns, ali mesmo, na igreja, defronte do altar-mor. Formaram-se filas quilométricas, as pessoas chegavam e diziam

— Meus pêsames!

e ele:

— Brigado, brigado!

As mais prolixas e piedosas até arriscavam palavras de consolo:

— Importa, não, filho. Deus sabe o que faz,

e ele:

— Agradeço-lhe a bondade.

Ao término das condolências, zarpou. Durante três dias e três noites, enfurnou-se no puteiro de Marília Trianon, a Marília Dá-Atrás.

— E depois do auto-exílio de bordel?

— Cumprido o retiro meretrício, e de quebra um par de sóis de porre em espeluncas das redondezas, João Janota Invejolino, ou Invejalino, vulgo Bobo Alegre, transformou-se em jovem rebelde (pacificamente rebelde: "Paz e amor, bicho, paz e amor!"), expoente dos *hippies*, porta-voz da contracultura, consoante já referimos.

— E Biazulmi?

— A cotação do bacanão ultrapassou a estratosfera.

Todavia, embora assaz querido, Biazulmi determinou-se sair à francesa, decerto para evitar a comoção da despedida: lágrimas, abraços, declarações piegas, cenas patéticas, súplicas mil do mulherio.

Erosópolis — ficou claro — o limitava.

CAPÍTULO X

UM CAPÍTULO TÃO BREVE, INTENSO E MEIGO QUANTO A CRENÇA NA HORIZONTALIDADE DA FENDINHA NAS ENTREPERNAS DAS MULHERES DO PAÍS DO SOL NASCENTE

De modo que, apenas sentiu a cidade natal pequena para suas proezas, Biazulmi deu no pé. Nem sequer disse adeus-fique-com-Deus a ninguém, ansioso por conquistar, senão a totalidade das mulheres do mundo, ao menos o maior número possível, ou mesmo impossível, de beldades de outras plagas. Quem sabe até japonesas, que ao contrário do comum das fêmeas então pensávamos possuírem a fendinha da xiranha horizontal, feito risquinho de giz, o conjunto do triângulo felpudinho e tênue meio puxado, rasgadinho, uma cópia das palpebrazinhas e ciliozinhos, lá embaixo, na virilha. E, a despeito da penugenzinha por cima, tão pequetitinha e rasinha, a xerequinha, tão leitosa, tão branquinha, tão-tão

— Valei-me, palavras! Como dizê-lo?

tão oriental e distante e inalcançável e somente adivinhada sob o quimono e entrevista atrás do Sol Nascente por olhos oníricos, cúpidos, postos em gravuras de gueixas, nas revistas. Enfim, tão mimosinhas e rosadinhas, as angiovazinhas nipônicas, ao redor e dentro dos grandes-mínimos lábios, que a gente, havendo chance, porventura teria remorso de vará-las com arma de grosso calibre. Ao perder Erosópolis de vista, Biá-Biazulmi, o Príncipe, fez o sinal-da-cruz e pensou "Ora, mulher, cachaça e bolacha em toda parte se acha, quanto maior for o palco, tão melhor ator serei".

CAPÍTULO XI

RUMORES SOBRE O CASAMENTO SECRETO DE BIAZULMI COM UMA AMÉLIA QUE JAMAIS SE DEU A CONHECER. EM QUE SE FAZ A APOLOGIA DE ARISTÓFANES, PASSANDO PELO PENSATÓRIO DE SÓCRATES. DAS DÚVIDAS QUANTO AO PRIVILÉGIO CONFERIDO POR ARISTÓTELES À TRAGÉDIA, EM DETRIMENTO DA COMÉDIA. PITADAS DE FEMINISMO E CONSIDERAÇÕES EM TORNO DA INUTILIDADE DAS LEIS E DA DOENÇA DE JULGAR, QUE ATACA A TORTO E A DIREITO, DESDE TENRA IDADE, JUÍZES, DESEMBARGADORES E MINISTROS DO SUPREMO TRIBUNAL. OLHADELA AO FUNDO DO POÇO NO QUAL JAZEM A INSTRUÇÃO E A JUVENTUDE MODERNAS, DEPOIS DO ALEGRE E COMPLETO TRIUNFO DA ESTUPIDEZ

Mundo, mundo, vasto mundo

(C.D.A.)

O coração de Biazulmi tinha vastidão planetária. Nele cabiam todas as paixões, seriadas e simultâneas, sobrando espaço para outras mais que viessem.

Embora morto em plena força do homem, aos trinta e cinco, o corpo ainda a destilar vigor e ardor, o mulherengo deixou sobre este vale multidão incalculável de viúvas adventícias.

— Putativas?

— Sim, mas sem a ambivalência que pretendes atribuir à palavra. Ou seja: nenhuma delas proveniente de putedo escrachado. Pois, bastante seletivo, o Príncipe sempre as quis civilizadas, bem-vestidas e classudas.

Diz-que

— Não caia duro, de costas, pela revelação que farei a seguir, mestre! Tome uma boa talagada da cachacinha — taí, embaixo, a seus pés —, e segure-se na cadeira —

havia nalgum lugar uma mulher casada com ele em sigilo, no civil e no religioso.

— Biazulmi, casado? Olalá! Macacos me mordam. Nem o professor Paleólogo desconfiou de tão espantoso segredo?

— Não.

— Mas, criatura, o nosso dom-juan casado? Onde? Com quem?

— Demanda tempo desfiar o que os boatos espalhavam. Vá relevando, que outro dia falarei dessa Penélope fidelíssima, sem omitir um til do que pertence à verdade. De antemão receba um tira-gostinho: a se acreditar na versão então corrente, Biazulmi possuiu a mais perfeita esposa e, por inerência, a mais discreta viúva da terra. Tão devotada e rendida quanto Amélia —

— A do samba?

— É. A do samba.

(O mestre solfeja, tamborilando na mesa: *Ai que saudades da Amélia / Aquilo sim é que era mulher.*)

— Tanto que não se dera a conhecer, nem durante nem depois do rebuliço causado pela morte do pretenso e bonito maridão vira-casaca.

— Eu levaria uma dessas pra casa!

— Eu também.

Se quiseres, podes ainda, livre de erro, comparar a legítima de Biá-Biazulmi a Alceste.

— A Alceste?

— Sim, mestre, a Alceste. A Alceste que escolhera morrer a fim de salvar o cônjuge dela, Admeto. A Alceste que fora devolvida à vida para produzir a glória de Eurípides, "o mais trágico dos trágicos" gregos, se evocarmos a opinião de Aristóteles. Recorda-se do que o velho Ari declarou na *Poética*?

— Claro, parceiro. Mas, por justiça, não desdenho o que refere Aristófanes, quando, nas Tesmoforias, a festa interdita aos marmanjos helênicos, as mulheres armaram a trama de vingança — e talvez vingança de morte — contra o filho de verdureira, o inimigo número um delas, Eurípides. Saiba: do ponto de vista de quem contrapõe ódio a ódio — o que não faz o meu gênero, ó apóstolo do magistério! —, não lhes faltava razão. Porque Eurípides afinal lançara contra o belo sexo ataques parecidos com algumas espécies de verduras, a meio caminho da putrefação, entre as quais fora criado. Para que, pergunto, se não agüentava o rojão? Ora, para na hora do vamos ver pedir penico, corrido de vergonha, miudinho de medo, epiléptico de pavor. Eurípides, o frouxo. Penso muito nele. Tão covarde que, à custa de lágrimas e súplicas, convenceu e infiltrou o sogro Mnesíloco, disfarçado de mulher, na festa das luluzinhas de Atenas, com a incumbência de espionar e defendê-lo, após ouvir um não redondo da pessoa adequada para tão baixo mister: o baitola do Agatão, sempre depilado, de sutiã e vestido, saia bordada e blusa bufante, sorridente e emplumado qual prostituta de luxo.

— Os dois eram bonecas?

— Não, mestre, somente Agatão, o trágico, hoje um nome obscuro, mas bastante aclamado naquele tempo. O outro, em última instância, limitava-se a fazer um favor ao genro em apuros. De acordo com a versão de Aristófanes, né?, um difamador por natureza, apesar de brilhante e divertidíssimo. Lembra-se do que ele fez com Sócrates, nas *Nuvens*?

— Se lembro. Com esta comédia, Aristófanes reforçou as acusações de ateísmo contra Sócrates.

— Algo a ser repensado, convenhamos. Contudo, ninguém lhe nega o engenho de extraordinário, gracioso, embora maldito poeta cômico. Mas colocar Sócrates no pensatório a medir o pulo das pulgas — francamente! Colocar Sócrates a quebrar a cabeça para descobrir se os mosquitos zumbem pelo ânus — que malandragem! Mostrar Sócrates com a boca cheia de cocô de lagartixa quando a tinha aberta contra o céu a fim de estudar e definir o curso e a evolução da lua — essa é de assassinar um defunto. Ou vários. E ainda por cima chamá-lo de trambiqueiro e, no deboche, de Socratezinho, a indicar aos discípulos as divindades nas nuvens. Nas nuvens que, conforme as palavras postas por Aristófanes na boca do filósofo, além de deusas dos ociosos, nos oferecem o saber, a dialética, o entendimento, a linguagem elevada e verbosa, a arte de comover e enganar. Mais que a lagartixa no pensamento transcendental de Sócrates, Aristófanes dessa vez borrou pra valer na reputação do grande homem.

— O que, meu caro, não impediu Platão — e não olvidamos o quanto Platão significou para Sócrates — de dizer que, se as Graças procuravam um altar perene, encontraram-no na inteligência de Aristófanes. O mesmo Platão aliás que, impressionado com a *Lisístrata*, e não só com a *Lisístrata*, tinha Aristófanes em tão alta conta a ponto de outorgar-lhe o direito de proferir o para muitos principal discurso sobre a pujança do amor — no *Banquete*.

— Filho da luta, esse Aristófanes, mestre. Sempre achei.

— Não, meu apressadinho, apenas um espírito ensolarado, evoluído, habitando corpo perecível. Singelo, galhofeiro, Aristófanes — não de caso pensado, imagino — demonstrou que este mundo não passa de paródia, jigajoga da *maya*, delusão, nele não havendo lugar para tragédias. Porque, bem vistas as coisas, as tragédias são burlas miseráveis. Chinfrins. Nada existe portanto de trágico na vida, meu chapa. Nem a morte. Primeiro, porque a morte — a exemplo do medo, da culpa, do pecado, da doença e quejandos — não se sustenta por si. Logo, não tem existência real. Nunca teve. Exceto para cérebros pequenos, acostumados a ruminar com o rebanho; em livre tradução: noventa e nove vírgula cinco por cento da humanidade, a chamada mediocracia, o senso comum, a geléia geral, cuja opinião — se possui alguma — não vale a tinta com que lhe escrevemos o nome. E não se esqueça de incluir no meio dessa cambada o papa. Os teólogos também. Particularmente os teólogos. Todos. Claro que não figuram no rol santo Agostinho e o apóstolo Paulo, o dos gentios, Vaso de Eleição, epíteto ao qual Dante se rendeu. De mais a mais, Aristófanes não compôs *As nuvens* em função do processo contra Sócrates. Talvez, se o adivinhasse, teria dado uma mãozinha ao desdentado marido de Xantipa. Prova que nunca agiu de sacanagem é que, noutra peça, *As vespas*, Aristófanes colocou no devido lugar, ou seja, no esgoto, os tribunais e os vampiros da lei, essa corja desprezível. Sempre desprezível, a não ser para a manada humana ainda um tanto quanto troglodita, a ignorar que só existe uma Lei. Por falar nela —

— Na Lei?

— Não. Na peça de Aristófanes:

de tão atual, parece que *As vespas* foi escrita ontem cedinho. Por conseguinte, se se despissem da toga e de sua ignorância infinita, e a lessem com proveito, juízes, ministério público, desembargadores, ministros do Supremo Tribunal e outros doentes por julgar decerto tornariam menos cega e pérfida a Justiça. Quando nada tirariam a venda de enganar trouxa que lhe esconde as pálpebras e lhe encavalariam um par de óculos escuros no nariz, a fim de disfarçar a conjunção de males — estrabismo, miopia, astigmatismo, catarata etc. — que fazem com que a ilustre impostora enxergue tudo distorcido. Quem sabe este ou aquele dos que a administram, recobrando a sanidade, se abstivesse de julgar, ao descobrir que todo julgamento, além de parcial, é iníquo!? Mas, retomando o fio da conversa: Aristófanes jamais zombou de Eurípides, ou de Sócrates, de olho no que a posteridade iria pensar dele. Ou deles. Outrossim, meu arcanjo, machos e fêmeas continuam se atracando, gastando o fôlego, suados e tressuados, na cama, e neca de surgir autor tão mordaz, universal, na ordem do dia feito ele, não obstante haver nascido quatro séculos antes de Cristo. Veja: ao abordar o item mulheres (*Lisístrata*, *A revolução das* próprias), em termos de contemporaneidade Aristófanes põe no chinelo as feministas e antifeministas dos nossos dias, seja Betty Friedan, seja a vivíssima e irrequieta Camille Paglia. De modo, rapaz, que nem Ésquilo, nem Sófocles, nem Eurípides, juntos, valem o dedo mínimo de Aristófanes.

— Dois adendos, a fim de me alinhar com o seu pensamento, mestre. *Primo*: soa de fato arbitrário o valor atribuído à comédia — imitação de homens inferiores —, pondo em vantagem a tragédia, que ao lado da epopéia produziria a mimese envolvendo seres humanos de padrão superior.

— Aristóteles.

— Sim. Aristóteles. *Secundo*: invertendo os papéis, pois sei onde esta arenga vai dar, chamo-lhe a atenção para um ponto crucial: não enveredemos pela senda metafísica, a perguntar se tudo não passa de sonho, caleidoscópio de formas, densidade de energia, da qual no entanto o homem pode se levantar, ascendendo à perfeição. Se não pretendemos varar a noite discutindo temas que tais, dignos de Plotino e Gurdjieff, tornemos ao assunto principal. Biá-Príncipe-Biazulmi.

— Sugestão bem-vinda, maninho.

— Garçom, outra cerveja, *s'il vous plaît*.

*

Se aceitos como evangelho os comentários, a cara-metade de Biá-Biazulmi constituiu singularíssimo e sobrenatural exemplo de devoção a um homem. Permanecia meses e meses sozinha, reclusa, sem clamar ou reclamar, até que um belo dia

Biazulmi de súbito reaparecia. Da mesma imprevista maneira podia evaporar-se ao amanhecer, deixando-a contudo resignada, e felizona, pronta a agüentar outro sumiço homérico de anos, digno de Odisseu. Mas de um Odisseu a deparar e a buscar sereias de saia, a fim de desnudá-las, em terra firme, no macio do colchão. Durante essas ausências prolongadas, ela mantinha, acordada e dormindo, o sorriso beatífico, tão intensa a noite de amor que partilharam, ele a lhe propiciar e também a receber tratamento de ambrosia, na cama. Instada por Cacilda Nogueira, da PYW-407, Vanusa algo ambígua admitiu que a misteriosa criatura somente não se dispusera a morrer em lugar do herói porque a Biazulmi faltou ocasião de solicitar-lhe o sacrifício. E assim deixou subentendido — ou melhor, reafirmado — que a viúva do irmão seria a réplica perfeita da filha de Pélias, Alceste, arrebatada à morte em pleno inferno por Hércules.

— Ei! O que pretendes com tamanha e mitológica erudição, serafim? Impressionar-me?

— Que mané impressionar, mestre! Lembro o fato apenas na esperança de que a juventude ainda venha a se interessar pelos clássicos, resgatando-os desde a Hélade.

— Comovente ingenuidade! Pura perda de tempo, filho. Porém, se te apraz, podes sonhar à vontade, neném. Resgatar a cultura — você, em sã consciência, acredita no que diz? Concedo: apesar de sacrílega, talvez esta seja a mais nobre intenção que um homem pode cultivar em nossos dias. Doce quimera, sublime quixotismo, sopro de ilusão. Pois na batida em que vamos, ô Aristarco, não tarda nada e os uivos da besta-humana, do homem retroagido à caverna, substituirão as sonatas de Mozart, ao passo que a gíria ofídica — a gíria vômica — dissolverá no pó do esquecimento os sermões de Vieira. Para confirmar o que digo, aí estão os jornais, a tevê, os neo-educadores e respectivos educandos. Aliás, dignos uns dos outros como um burro de outro burro. Tudo atolado em crassa ignorância, sob as bênçãos do Império, *Do you like,* macacada, *yes,* nós temos banana. E muito samba no pé. Sem contar a internet e os seus *chats* — os *chats* e os chatos cambiadores de frivolidades — de indigência pegajosa. Do primário ao superior, o ensino, meu querubim, mergulhou de ponta-cabeça na cloaca da mediocridade, o que parece de bom proveito para os que mandam e desmandam na ralé. Na ralé que, aliás, não vale o que o gato enterra. Refiro-me a ela enquanto ajuntamento, povo, ou algo no gênero, jamais no que concerne ao indivíduo. A esse, irmão, todo o respeito e reverência. Amor. Total. Mas, povo — pelo leite que mamaste! No máximo o povo continua sendo uma instituição contraditória, queira Deus que com algum destino metafísico felicíssimo, ô piada!, consoante já preguei. No Brasil, então, é o fim da picada. Nem sequer arremedo de elite possuímos. Ou teremos. Daqui a pouco, ó apóstolo da candura, alguém que, neste colosso deitado eternamente em berço esplêndido, citar Sêneca, Platão, Machado, Vieira, Herculano, Chaucer, Cervantes ou Shakespeare se verá internado em manicômio, preso em camisa-de-força. Como mentecapto. Doido varrido. Se, antes, não for morto a pauladas, na rua, pela horda dos babões oligofrênicos. E, à minha fé, que não julgo — exponho fatos.

— Perdão, mas não compartilho teu pessimismo. Porque, embora à primeira vista justificado pela conjuntura, um prognóstico assim não levará a melhor sobre a minha crença no homem. Não sou Pangloss, mestre, nem parente nem aderente de Pangloss, ou do pai dele, Voltaire, mas me vejo compelido a apostar no triunfo da cultura, contra a volta da barbárie. Crer ou não crer, pobre Hamlet, em que enrascada nos metemos!

— Aposto que nem decorrerão dez anos e os alegres estudantes brasileiros, à menção do nome Falstaff, haverão de indagar: "Jogador de futebol? Que nome estranho para um craque!" De igual modo se olharão perguntando, caso alguém os mencione, se Desdêmona e Otelo não serão o bandido e a mocinha da novela das oito, na tevê. Ou o *serial killer* canibalesco e sua vítima no último enlatado *made in USA* violento. Entretanto, que tal volvermos ao que em essência interessa?

— Ótimo.

— Garçom, a garrafa furou. Sim, outra, surdinho! Agora, irmão, o que quero é simples e o seguinte: toda a verdade referente à mulher casada com Biazulmi. Nome, endereço, idade etc. Te dou um catiripapo se não me contar. A ela, futuroso e verboso novelista.

— Devagar com o andor, mestre! Nada de exigências comigo. Ora, a esposa... — eta palavrinha marota, vil, abjeta, sórdida, à altura aliás da pompa e mediocridade do casamento. "Minha esposa", "Meu esposo": ouça só o robô e a robozinha classe média arrulhando.

— Mas temos de permanecer com ela. Que diabo!

— Com a palavra, mestre?

— Não. Com a esposa. A do Príncipe Biazulmi.

— Bolas! A esposa, a digníssima senhora Biazulmi merece não apenas capítulo especial mas conversa especial — especialíssima. Outro dia. Prometo. De pés juntos. Por hoje, insistirei no sem-número de viúvas provisórias, putativas. Se preferir, pode aspeá-las — “viúvas”. A começar daquela por quem Biazulmi morreu. Valdete.

— Valdete?

— Sim. Valdete.

CAPÍTULO XII

DA TOCAIA EM QUE, ARMADO ATÉ OS DENTES, O FRIO E IMPLACÁVEL TENENTE CORNEADO ESPREITA O GALÃ CORNEADOR, ENQUANTO OBSERVA A NUDEZ, OS MOVIMENTOS LASCIVOS E O DESPUDOR DA MULHER À ESPERA DO AMANTE, AO SOM DE MELODIAS COMO *PERFÍDIA*, *BESAME MUCHO* E *NERVOS DE AÇO*, SAÍDAS DA ELETROLA X. P. T. O. LONDRINA. ONDE SE FAZEM GRATUITAS CONSIDERAÇÕES FILOLÓGICO-MORALISTAS ENVOLVENDO DE MANEIRA VELHACA E TORPE O PAIZÃO-DOS-BURROS, MESTRE AURÉLIO. NO DUELO DE MORTE CONTRA MORTE, CORAGEM *VERSUS* CORAGEM ETC., OS DOIS HOMENS SE ENFRENTAM E NENHUM SAI VENCEDOR. EM GESTO DE SUPREMA VINGANÇA, A VIÚVA EXIBE A BOLSA ESCROTAL DO MARIDO NO VELÓRIO SULTANESCO DURANTE O QUAL O MULHERIO GLORIFICA O SEDUTOR. OVOS DE CORNO ENVENENAM, PONDO EM RISCO A VIDA DE UM POBRE CACHORRINHO

Pero tenía marido.

(F.G.L.)

O relógio no pulso o advertira: faltavam cinco para a meia-noite, mestre, quando o tenente Severino Durão se postou atrás do pé de barriguda, próximo à casa em que morava, a fim de tocaiar o homem que mais odiava no mundo. Sabia: o filho de cadela desencaminhador de mulheres viria com certeza — e pela avenida dos Flamboyants. Sabia: Biazulmi possuía um carrão verde metálico, Impala, comedor de gasolina sarada mas que conferia *status* a qualquer um — mormente a um metido a bonitão de sua laia. Sabia também onde ele de praxe o estacionava, a contar de certa data, na hora grande de quinta-feira, a meio quilômetro de distância, praça das Acácias. De lá vinha a pé, fosse por galanteria (pois trazia sempre uma rosa ostensiva na mão, uma rosa vermelha para Valdete), fosse por precaução — não comprometer a mulher —, conquanto a própria maldita figura dele Biazulmi chamasse tanto a atenção quanto aquele transatlântico deslizando sobre rodas. Daí por que o bandido chegava tardão, abandonando a casa antes de o sol raiar.

Naquele tempo, o número de árvores suplantava a olho desarmado o número de casas na Vila Jardim do Céu, colada ao centro da nova capital. De longe, as residências de tijolinhos aparentes pareciam afogadas num mar de ondas verdes, com cintilações de flores boiando aqui e ali, quais marés fantásticas vistas ao pôr-do-sol. Havia uma incrível quantidade de árvores centenárias, genuínas madeiras de lei, formando aléias ao longo das ruas e circundando as moradias. Tudo de acordo com o projeto urbanístico original, que pretendeu mesclar parte da flora nativa com árvores frutíferas recém-plantadas nos quintais, em torno de praças e em bosques bem-assinalados. Além disso, dezenas de canteiros de rosas, públicos e particulares, lembravam, em miniatura, os jardins de Versailles.

Não durou muito esse bucolismo. A ganância dos construtores civis, associada ao poder público, mandou tudo pro espaço, empurrando os antigos moradores para setores periféricos, desprovidos de conforto e infravalorizados. De sorte que do edênico e primitivo bairro central hoje não resta nem sombra de vegetação, salvo se se tomar por isto pequenos vasos de flores, na maioria artificiais, dependurados nas sacadas de alguns arranha-céus. Estes são tão numerosos e grudados uns nos outros que vizinhos de edifícios diferentes e janelas confrontantes compartilham pesadelos e roncos enquanto dormem, e permutam o próprio hálito, em vigília, as narinas e os brônquios infestados de gás carbônico e demais poluentes. Em síntese, um intercâmbio justo, já que ninguém passa a perna em ninguém em matéria de contágio.

Em consonância com a globalização e a pós-modernidade, o *pool* de empreiteiras teve a idéia de abolir até mesmo o celestial nome da vila, substituindo-o por Greenwich Village, hoje o metro quadrado mais caro da cidade e do país.

— Acima da Vieira Souto?

— Não, mestre, igual. A ausência de mar no entanto faz a diferença.

Em nota preta de banco, o preço nas nuvens se explica pelo fato de em Greenwich Village não existir um centímetro sequer de solo ocioso: as praças e nacos de terra porventura baldios se viram do dia para a noite tomados pelos *pit-dogs*, pelos McDonald's, além de inúmeros *shops* e *pornoshops*, pois a ordem é galinhar depois de se empanturrar. Pelo que andam numa roda-viva, os moradores.

— Fodam-se.

— Certo, mestre! Aliás, é o que fazem e sobre o que conversam sem cessar. Fodem-se, e em múltiplos sentidos.

Nas ruas e em suas jaulas envidraçadas, cintilantes de luz e vaidade, a população endinheirada e viciada em enlatados come e é comida, mal deixando espaço para as meninas do *trottoir* e os automóveis circularem. De vez em quando pivetes e veteranos do crime ocupam o pedaço, seqüestram e, não raro, estouram os miolos de algum casalzinho displicente, para afanar carro e grana, ou por pura curtição, ou por efeitos da maconha, do *crack*, da pobreza e outras drogas. Seja como for, isso já não causa espécie, alvoroço ou perplexidade.

— "É o preço do progresso" — a *Gazeta* resumiu em editorial de primeira página. E todos se deram por satisfeitos, e seguiram vivendo, reconciliados, reconfortados pelo acacianismo do jornal.

Tínhamos portanto em Greenwich Village o reduto glamourizado dos novos-ricos. Fato curioso: eles constituem a porção auto-intitulada prafrentex — e a um tempo, o diabo sabe por quê, ortodoxa — dos que se agarram com unhas e dentes ao para nós tão caro estilo de vida contido no lema *Country, um jeito nelore de ser*. A população continua querendo a todo custo ver tal legenda afixada na bandeira da capital, sempre a tremular à porta dos edifícios públicos — palácio do Governo, da Justiça etc. —, à esquerda da bandeira provincial e à direita do auriverde pendão de minha terra, que a brisa do Brasil beija e balança.

— Faaala, Castro Alves!

— Faaalei.

— Todos os habitantes de Greenwich Village são fazendeiros?

— São, mestre. Vários deles apenas vocacionais, é verdade, compelidos a exercer profissões citadinas, em geral liberais, e às vezes vagamente liberais. Existe também um exército de funcionários públicos, recrutado e sob o comando dos graudões, de autoridades comissionadas, constelações de chefes de brilho e matizes variáveis. Tudo muito legal, o jornal sugere nas entrelinhas, e a gente sabe, até em latim, que a lei é dura *et cetera*, e com razão, porque feita pra regular e manter o que deve ser mantido: quem fica por baixo prossiga por baixo, mas quem rosna por cima permaneça por cima, e a rosnar, na vidinha e nos nossos ouvidos alugados e fodidos. Os bastante jovens ignoram que o lugar onde vegetam já foi um paraíso ecológico salpicado de casas e jardins que lembravam os dos Inválidos. Casas avarandadas como as das fazendas, pouco importa se sonhadas ou reais.

— A do matador de Príncipe Biazulmi era assim?

— Era. E com um quintalão aparentado de chácara.

— Fiufiuuu! Saquei. Adiante.

Escondido atrás do pé de barriguda, mestre, o tenente Severino Durão varria a rua com os olhos, ansioso por ver surgir a silhueta delgada e elegante do dândi que viria sem falta para os braços da mulher com a qual ele Durão trocara alianças havia quatro anos, na época em que fora promovido a sargento.

— Valdete?

— Quem poderia ser senão ela? Valdete.

— E viria pra cama do casal?

— Que dúvida!

— Aí, meu rei, já é saltar o Rubicão e, de quebra, diversos, incontáveis rios.

O tenente, conforme referi, era um competente e frio funcionário da morte — da morte sob encomenda. Entretanto, àquela altura percebia-se algo inquieto, embora fazendo das tripas coração por controlar-se. Em circunstâncias diferentes, aquilo seria — e quantas vezes não o fora — café-pequeno para ele. Um servicinho que executaria com meticulosa serenidade, quase sorrindo. Não agora.

— Por quê?

Ora, por causa do motivo, mestre, pessoal, passional, que teria deixado outro homem que não ele à beira de um ataque de nervos — um piripaque de respeito. Apesar de tudo, nessa questão de autocontrole, Durão pertencia deveras à raça dos gigantes. Mesmo sentindo-se picado por impulsos terríveis, não iria perder a cabeça e dar uma de louco, ao modo do comum dos cornos vingativos.

Em resumo: se não mantinha o sangue-frio das anteriores ocasiões em que agira em perfeita sintonia com a morte, também não iria portar-se naquele momento feito um joão-maluco qualquer, por mais que as paixões em tumulto pretendessem lhe esquentar a mioleira. Tinha um plano, e o seguiria, a despeito dos imprevistos que pudessem alterar certos detalhes.

— Quando ele soube que Biazulmi o chifrava? "Nenhum deus protege ou previne os maridos chavelhudos. Eles de fato são os últimos a saber." Ovídio.

— Ovídio, mestre?

— *Ars amatoria*, creio. Mas a palavra é sua.

Bom, nessa matéria fecal-moral em que acabou chafurdado, e em inúmeras, correlatas, o tenente talvez fosse o homem mais bem-informado da cidade. Afinal, comandara a P-2, o ramo da polícia encarregado de xeretar a vida alheia, inclusive a dos camaradas. Formara e preservara numerosa casta de lambe-cus, dentro e fora da caserna. Um grito, ou um pedido com firmeza sussurrado, e o sujeito além de borrar nas calças seria capaz de contar-lhe que broxara com a esposinha ontem à noite, ou indicar-lhe o lugarzinho exato da pinta que ela de nascença conduzia, entre as nádegas. De sorte que, desde a primeira quinta-feira em que Biazulmi se envolveu nos lençóis de sua cama, e ele, de plantão, nos negócios do quartel, Durão conhecia de fotografia e gravação o despudor de Valdete com o janota metido a gavião no seu lar-doce-lar. Não obstante as provas fotossonorizadas e outras, contra toda expectativa Durão punha em dúvida a masculinidade do dândi que lhe enfeitara a testa, inscrevendo-o na famosa confraria.

— A masculidade de Biazulmi?

— Pro senhor ver, mestre. Deduziu sem mais aquela que, como homem, Biazulmi não funcionava pelos canais regulamentares, lançando mão de artifícios.

— Despeito. Puro despeito, jovem biógrafo futuroso e inocente. "Um tenente mercador, ainda mais se corno for, quer vender gato por lebre." Gregório.

— Gregório VII, o papa? Ou Gregório, o Iluminador, bispo? Ambos canonizados. Santos.

— De Matos, rapaz! O Boca. Do Inferno. Sobre um tenente na Bahia. 1682.

— Ah, que memória! Conheço a tal sátira, mestre, do tenente atravessador que vendia lingüiça podre, sobretudo pros quartéis. Só não me lembro se nela a mulher desdenhava a lingüiça molenga e malcheirosa do marido oficial e trapaceiro, trocando-a pela lingüiça de outros lingüiceiros, clandestina, paisana, mas decerto mais durinha.

— Claro. Que outra conclusão você tira se o paio do tenente glosado por Gregório de Matos, além de putrefato, era mole e aguado?

— Tens razão, mestre. Ora essa!

— E vou além, meu rouxinol, suetoniozinho bem-falante: para o teu tenente Durão, se a cobra picou, convinha garantir que não era venenosa. Jibóia. Ih, jibóia, filho. É sempre proveitoso jiboiar. Jibóia, após caluniar. Pois em determinados tipos a calúnia manifesta forte efeito jiboiante-digestivo: comem a fartar e dormem como se a fronte fosse lisinha, a chifrada inexistente, a auto-estima incapaz de umedecer o travesseiro. Não se esqueça, meu boccaccio verbalizado, meu tirso de molina por via oral imaginoso: apresentada em frasco com rótulo "Sem veneno", calúnia pode ser bom remédio pra dor-de-corno, não acha?

— Acho. Mas o nosso Durão duvidava de fato, mestre, da macheza, em sentido ortodoxo, do galã, fosse por dor-de-cotovelo, fosse por outra razão plausível, quiçá ligada ao complexo de dom-juan.

— Complexo de dom-juan?

— Sim, mestre, aquele complexo que leva não poucos estudiosos a ver homossexualidade latente em alguns machões e pseudomachões que dão tudo de si para demonstrar ao mundo que são os maiorais no trato com as mulheres. Basta prestar atenção nas conversas, em especial se os sátiros se encontram meio tocados. Ou de porre — federal. Noventa e oito por cento dos homens sofrem desse mal, e não apenas na literatura. Também no dia-a-dia, o que torna evidente que há muitíssimos anos a vida se esforça por imitar a arte.

— E os dois por cento restantes?

— Tirando dos dois por cento os raros que não complementam desempenhos reais com conquistas imaginárias, existem sim os tranqüilos, que nem blasonam nem partem pros desregramentos, ativos ou passivos, de um Casanova —

— Casanova, o gilete?

— O próprio. Nem todos contudo se vêem desmascarados nesse jogo. De sorte que não há outra saída senão deixar suspenso numa incógnita o complexo de dom-juan em relação a Biá-Príncipe-Biazulmi. Uma coisa porém ficou provada: Biazulmi sofria de outro complexo. O complexo de Peter Pan: a compulsão de manter-se jovem para sempre, à semelhança de Dorian Gray.

— Não me interessam os floreios verbais, as frases de efeito de Wilde, margaridinhas de estilo desabrochadas na boca de Lord Wotton. Tampouco o retrato de Basílio Hallward. Poxa, cara! Me irritam os teus circunlóquios. Se virares escritor, certa crítica acadêmica caquética te reduzirá a pó de merda pura — pura, sem mistura —, pois não consegues ser linear. Por conseguinte, jamais lograrias escrever aristotelicamente uma história, com começo, meio e fim. Livra-te depressa de desvios e enxertos na narrativa: aos pinotes, às cabriolas, te farás tão bom beletrista como eu serei papa amanhã.

— Mas é assim que se conversa, exceto entre conspiradores e talvez cientistas. Impossível prosear sem singrar os vários cursos e afluentes que compõem o rio-tema. Daí o bordão de que conversa puxa conversa, e a certeza de que ninguém expõe uma história com picardia se não realizar umas curvas e curvaturas ao longo de seu caminho. Esqueça portanto essa de que um pingo e um risco significam João Francisco. Logo, guarda-te de homem que não fala e de cão que não ladra. Além do mais, a economia não constitui a exclusiva base da porcaria, mas também do laconismo, do mau humor, da impaciência e outras misérias. Retire a tagarelice de Sancho e o Quixote perde a graça.

— Não se exalte, primo!

— Ok. Estou calmo.

— Tá bem. Singrando de volta o rio-tema, você dizia que o tenente Severino Durão dispunha de provas irrefutáveis da ocupação nada militar — ao contrário, bastante diplomática, labiosa — que Biazulmi fizera dos países-baixos da patroa, patroa lá dele tenente, e do que aprontou com a aranha de Valdete.

— Ei, tua cerveja tá chocando.

— Sei, sei. Prossiga, por favor. A saideira já vem.

— Ouça.

Apesar de corno, e muito corno, três a zero pra Durão. Porque ele agüentou dois meses, no conjunto oito quintas-feiras, de plantão e traição, fingindo-se o mais feliz e realizado dos maridos. Em conseqüência, a despeito da humilhação e do fervilhar da adrenalina, não deixou passar pela cabeça de Valdete e do dom-juanzinho sertanejo que havia microfones no quarto e câmaras fotográficas registrando suas proezas, na cama e fora da cama. O tenente montara, enfim, um sistema de espionagem ultramoderno e eficiente. Em que pesem o objetivo visado e as emoções envolvidas, teve *fair-play* para desenvolver esse trabalho de documentação policial de primeira linha.

Elevo o placar para quatro. Quatro a zero pro oficial corneado, por conta da fotografia número um. Quanto a essa e às outras fotos, fica a cargo do diabo saber por quais meios vieram parar no calhamaço do insigne, preclaríssimo Higino Paleólogo. Nela a língua de Valdete fazia com o míster-calvo murcho de Biazulmi — murcho de fato, mestre, naquele instante e instantâneo — o que numa única oportunidade, e assim mesmo a troco de grana reforçada, a puta Chupa-Chupa, do bordel de Blandinona, praticara com a arma de Durão, pronta e embalada pra guerra. Durão viu e reviu a foto — uma bola de nojo e revolta entalada na garganta. Todavia, não alterou nem o tempo nem uma vírgula em seu plano. Da vez anterior em que, a porta da sala trancada, no quartel, varreu com os olhos o *felatio* da patroa, cuja boca dava tudo o que tinha pra animar a tripa morta ou talvez cansada do amante, soltara um urro que estremeceu a parede e derrubou o fuzil da sentinela, lá fora. E ato contínuo um murro com som de morteiro partiu o tampo da mesa, à sua frente. Contudo, logo o tenente se recompôs, inabalável na resolução de manter o organograma da vingança, que incluía álibi perfeito para si próprio. Estranha compulsão obrigava-o a isolar-se com freqüência, a fim de remirar as fotos e ouvir a algaravia imunda das fitas, a voz de Valdete e do amante misturadas ou alternando-se. Que comediante escrachada se revelara a mulher, pior até que o parceiro. Com a breca, mestre, que mil corvos te comam o fígado e arranquem as tuas pupilas se todas as michelas e devassos da zona do baixo meretrício — a plebéia *zbm* — lograriam exibir um repertório tão miserável e rico em indecências como o que avaliava o maludo e chifrudo comandante. Com a breca! Uma pornodeclamação que nem a imaginação de Henry Miller e da senhora Anaïs Nin, fundindo o conhecimento dos *bas-fonds* parisienses com a Lapa, poderia alcançar. Ante a crueza daquelas cenas e sons, enquanto engolia a cusparada da revolta e o nó do asco preso na garganta, o bravo tenente Severino Durão ainda conseguira conservar uma frieza de raciocínio com que ia dando os últimos retoques no esquema da vindita.

Na data aprazada, a cólera bem camuflada, ei-lo despedindo-se da esposa com um beijo e um "Até amanhã, querida!", ao que ela respondeu: "Nem vou dormir, de saudade". E que rosto, o de Valdete — um rosto santo de santa. Meio choroso, lindo e choroso, porque o dever ia privá-la de passar a noite com o maridão pelo qual morreria, caso ele lhe pedisse o sacrifício de Alceste. "Minha vida te pertence, benzim. Se você mandar, morro, bebo veneno, pulo na fogueira", certa ocasião ela dissera.

— Um dia essa merda de Regulamento vai permitir a esposa de um oficial ao seu lado, no quartel. Então nem por um instante desgrudarei de você — Valdete ajuntara com segurança de oráculo, a voz porventura de Cassandra. Uma atriz e tanto — uma atriz consumada.

— Toda mulher é atriz. Algumas à espera de consumação. As que não chegam a *go-go girls* ou a cantoras, por falta de voz, tiram o que podem do otário em favor da casa, nas mesas de pista ou no fundo do inferninho.

— Não leva de novo pro lado da galhofa, não, mestre, uma vez que Valdete — e não há prova em contrário — jamais trabalhara em boate ou alcouce. Entrementes, era prima-dona até debaixo d'água. Pelo menos praquele tipo de espetáculo. Nem Marília Pêra, nem Fernanda Montenegro, nem Bibi Ferreira — unipessoalizadas — se mostrariam mais convincentes do que ela.

Agora, sentindo o bolo da raiva maior que sua garganta, o que fez inchar-lhe as cordas do pescoço, contudo mantendo-se, sabe Deus como, firme e dissimulado, Durão enxugou uma lágrima furtiva tombada dos olhos de Valdete. Desviou a vista. Saiu.

— Ele, também, um ótimo ator. Reconheça.

— A seu modo, talvez. Prefiro antes lembrar que era um profissional frio, perfeito agente da morte.

Valdete o parou com o grito habitual, "Amor!", na calçada, mandou-lhe um beijo voador e estalado com a mão, e repetiu: "Bom trabalho. Morro de saudade. Nem vou dormir, te esperando. Rezarei por você. Deus o proteja. Vê se vem mais cedo, querido".

— Sei. Rezarás por mim, vaca, cadáver que já devia ter encontrado uma cova! — o tenente Durão por pouco não berrou de volta, contendo-se a tempo e levantando a destra num arremedo de despedida, como se estivesse pegando, para esmagar, algum inseto no ar limpo da manhã.

Seus nervos passaram, incólumes, por esses e outros testes. Após armar direitinho a ratoeira para o ladrão de mulher e a ladra de sua honra, simulando outra rotineira noite de plantão, ei-lo ali, plantado, há quase duas horas, encoberto pela barrigona de grávida do pé de barriguda, inspecionando a casa, onde a infiel se exibia, e a rua na qual afinal divisou a silhueta do filho-da-puta de boa estampa que, dentro em breve, despacharia, sem bilhete de volta, pro outro mundo.

Durão vigiava o amante da mulher, não se esquecendo porém de relancear olhares para a esplêndida figura da traidora, àquela hora perfumadíssima, de banho tomado e corpo de menina, um corpo tornado escultural à custa de dieta, vitaminas e malhação. E nua, apesar da calcinha, ou por causa mesmo da calcinha, a *lingerie* minúscula a mostrar os dois hemisférios da bunda destapados, a tirinha na frente apenas cobrindo o rego, o monte-de-vênus saliente, a peitaria de fora — tetas rijas e vivazes idênticas a gaivotas vistas a distância, verticalizadas em vôo pega-peixe na costa atlântica, o sol cambiando para fosforescente o branco-acinzentado daquelas flechas em plumas, sugerindo mãos com dedos unidos, emparelhadas, vistas do dorso, rezando; mãos cálidas e delicadinhas de freiras brancas, talvez nórdicas, ou por acaso albinas. Qual atriz pornô em ensaio fotográfico, Valdete sorvia vinho de uma taça executando poses sensuais, que na certa repetiria apimentadas para o amante, na sala inundada de luzes e melodias.

Meia hora antes de pressentir a presença do outro, enquanto vasculhava a rua e a casa, os olhos semelhantes a holofotes, Durão pusera-se a ouvir o *pot-pourri* de música popular brasileira. O repertório de Valdete variava de Noel Rosa a Pixinguinha, de Lupicínio Rodrigues a Luiz Gonzaga. O tenente não achava a menor graça neles, salvo Luiz Gonzaga, cuja sanfona e cujo baião evocavam suas raízes nordestinas — uma coisa poderosa. Mas — considerou — Valdete sempre fora assim mesmo, metida a besta, a sofisticada, não raro o tachando de jeca

— Deixa de ser cafona, benzão!,

por causa da coleção de discos sertanejos e, em especial, por ele escutar vezes sem conta, babando de gozo, Vicente Celestino a esgoelar *O ébrio* (*Tornei-me um ébrio,/na bebida vivo a esquecer/aquela ingrata que me amava e que me abandonou*) e Teixeirinha, o *Churrasquinho de mãe*, nas noites de folga. Começou a prestar atenção nas letras de Lupicínio Rodrigues: pareciam compostas de propósito para ele — para a sua cornudagem.

— Corno, eu? Corno é o puto da puta que o pariu! — reagiu mentalmente à maluca associação de idéias.

— Eu, o maior macho que o Nordeste exportou, corno?

Durão cortou nos dentes as palavras, enquanto coçava o indicador direito no gatilho do Colt Cavalinho e, com a outra mão, acariciava a coronha da espingarda calibre 12 de cano serrado. O Magnum, no coldre preso à perna, completava o arsenal. Será que o diabo da mulher adivinhara que ele estaria à espreita? Não, ela devia ter muito amor à vida — àquela vida, a sua porca e imunda vida.

Assim que Linda Batista garganteou *Você há de rolar como as pedras que rolam na estrada*, santo Deus, que desgraça! Para piorar: após *Vingança*, foi a vez de *Nervos de aço*. Cantados por voz idêntica à de Francisco Alves, o tenente não conseguira identificá-la com precisão, embora os versos lhe chegassem nítidos, retalhando-lhe o corpo emocional com a faca de dois cortes do ciúme: *Você sabe o que é ter um amor, meu senhor,/Ter loucura por uma mulher/E depois encontrar esse amor, meu senhor,/Nos braços de outro qualquer?*

— Raios me partam, com mil demônios!

agora o tenente Severino Durão não triturou as palavras com os caninos de ouro, mas deixou que os mil demônios e os raios lhe ultrapassassem a barreira dos dentes, a raiva, condensada e roufenha, quase explodindo, qual cogumelo atômico, em apoplexia. O som alto impediu que a mulher o ouvisse. Refez-se, prestando atenção de padre em confessionário à estrofe seguinte: *Há pessoas de nervos de aço/Sem sangue nas veias/E sem coração/Mas não sei se passando o que eu passo/Talvez não lhes venha qualquer reação./Eu não sei se o que trago no peito/É ciúme, despeito, amizade ou horror/Eu só sei que quando a vejo/Me dá um desejo de morte ou de dor.*

Por pouco não correu a casa para estraçalhar Valdete. Uma torcida de pescoço, cric, cric, crac, ou o Colt ou o Magnum cuspindo fogo em cima do coração da pérfida, e pronto — a traição já era, a cachorra de rabo espichado no chão, a coisa entre as coxas já sem serventia, a alma entregue ao Criador. Ou melhor: ao papa do inferno. Mais uma vez se conteve. Não, não a estrangularia, não a mataria a tiros, e sim devagarinho — bem devagarinho. Primeiro, cortaria a língua para que ela não gritasse. A seguir, iria desmontando a adúltera, pedaço por pedaço

— Está vendo isto aqui? São suas orelhas, com seus lindos brincos, sua devassa,

a fim de que ela sentisse na própria carne o ferro em brasa da traição. Quando perdesse a consciência, quando não pudesse mais saborear a vingança que lhe infligiria, então — pimba!

o Colt velho de guerra, com silenciador — ou o queridíssimo Magnum —, cuspiria o tiro de misericórdia na nuca da pecadora.

De maneira que o tenente esteve indo não indo, acabar com Valdete. Mas como tinha nervos de aço, e nervos reais, sem fibrosite irônica, além de vastíssima experiência com a morte, se segurou, pensando: "Em primeiríssimo lugar, o maldito vira-lata metido a lorde e pimpão. Depois o serviço com a putinha com quem me casei". Olhou: a putinha com quem se casara trocava o disco na eletrola, sentada, de pernas cruzadas, pernas nuas, nutridas, bem-torneadas, fumando voluptuosa piteira, daquelas delgadas, retorcidas e compridas que nem cipó. Cristo, nunca a imaginara fumando! Deve ser presente do canalha, a piteira. E francesa. Na concepção do tenente Severino, todas as francesas eram belas, despudoradas e fumantes de longas e artísticas piteiras. Tais e quais Valdete. Contudo, tinha de reconhecer: depravada, porém um mulherão.

O que sairia agora da eletrola?

O tenente emputeceu-se de quase alterar o plano, e cometer loucura de corno assumido e burro, tão logo o olhar se deteve na eletrola. Era o quente da moda, uma *Hi-Fi*, um móvel imponente e caro que tomava a metade da parede, provido de compartimentos para guardar dezenas de discos, em pé. A *hi-fi*, ou *high fidelity*, justificava deveras o qualificativo de X. P. T. O. — *X. P. T. O. London* — que lhe deram. Custara-lhe a poupança de dois anos de economia de guerra na caserna, mais biscates realizados por fora, mais um empréstimo bancário que lhe consumira ao mês vinte por cento do soldo, num total de três anos. Um presente-surpresa de aniversário dado a Valdete, no último dia de maio, e que quase a matou de felicidade, pois possuir uma peça de mobiliário daquelas, podre de chique, sempre fora o sonho dourado da lindinha, algo desde a infância julgado impossível de alcançar.

Apenas este sonho saiu do caminhão de entrega para a sala de Valdete, com um cartão dizendo "Te amo, Val, você merece o mundo — Severino", ela molhou a calcinha — de gozo. Mal pôde esperar o marido, a quem amou até o desmaio e o dia amanhecer, no tapete da sala, os gritos de prazer recendendo a vinho e acordando a passarada, mesclados ao *Besame mucho*, de Consuelo Velásquez, que a oitava maravilha — a *X. P. T. O. London* — tocou de contínuo, quase furando o disco, na voz de uma cantora moderna, afinadinha. *X. P. T. O.*: segundo alguns filólogos e dicionaristas, entre eles o Aurélio, esta é a abreviatura paleográfica de Cristo. Contudo, deve-se lembrar, mestre, que o Aurélio é um ótimo pai-dos-burros, conquanto, por injunção de circunstâncias e ordem de exigências — vale frisar, sem a mínima culpa em cartório —, já tenha sido pilhado no papel de madrasta dos que não permanecem largo tempo a ruminar nas cocheiras.

— Ah, é? Você de novo com rodeios — o último aliás que vou permitir. Me diga: por quê?

— Porque a burrice nacional, mestre, abarcando a *intelligentsia*, os canais de tevê, os jornais e talvez outros interesses, quer transformar o dicionário do Aurélio na camisa-de-força, na enciclopédia da língua. É mestre Aurélio pra lá, mestre Aurélio pra cá, até autores renomados — hum-hum! — tentam institucionalizar tal heresia em livros da sua lavra e nas entrevistas que dão, o que estimula o analfabetismo medianamente letrado e a preguiça de pensar do brasileiro médio, ou seja, a maioria, a começar do presidente.

— Da República?

— É.

— O atual ou o antecessor?

— Ambos.

— Ah, bom, Griecozinho, Agripino. Bom, bom.

— Sei, sei. Muito bom. Recolho o elogio, apesar do pompom da ironia.

— E o Aurélio, você não estaria por acaso difamando o Aurélio?

— Não dê bandeira, ô excelso! Difamando, uma ova! Sou fã, e fã de carteirinha, do Aurélio, mas acontece que o português dinâmico do Brasil, não o dos portugas, *schifaizfavoire*, não pode ser contido nem mesmo em trinta Caldas Aulete, revistos de dois em dois anos, e ampliados. Sem mencionar o baianês, o carioquês etc., o idioma pátrio tem dinamismo de motor a explosão. Além do patrimônio clássico, léxico, consolidado e disseminado em outros compêndios, o Aurélio não cobre sequer dez por cento dos termos existentes e correntes no país. Quer um exemplo, mestre? Só sinônimos de boceta — e sinônimos na ativa, de bocetas ora depiladinhas, ora cabeludas, idênticas à de Valdete à espera do amante, e vivas —, nosso povo usa cotidiana e gostosamente cerca de cento e cinqüenta, pelo que o departamento de *marketing* das fábricas-de-fazer-menino do mulherio agradece. Horácio de Almeida traz cento e trinta e duas irmãs gêmeas delas, todas usadas e bem-usadas — as palavras e não o que elas designam, posto que há, no mínimo por força da idade, algumas zero-quilômetro —, enfileiradas, em ordem alfabética, e olha que ainda deixou várias de fora, que colegas seus consignam, não contando que vão surgindo outras, novinhas, enquanto o Aurélio registra pouco mais de meia dúzia. E assim por diante. De nada, pois, serve a imposição de vocabulário restrito, porque o povo continuará falando, e os escritores, escrevinhando, o que o Aurélio não monitora. O Aurélio é uma gleba; o português, o latifúndio Brasil. E mais: um latifúndio de vocábulos que produz e reproduz mais que barriga de chinesa ou mil coelheiras coalhadas de coelhos, uns saindo atrás dos outros, de chorrilho.

— Os coelhos?

— Não, mestre, os vocábulos.

— Não vê grande utilidade no Aurélio?

— Vejo, mestre. Eis um dicionário de médio porte utilíssimo para todos, e no entanto imprescindível para quem pensa com os dedos — advogados, jornalistas, professores e alunos do primário. A patota inteira. Um dicionário muito prático, inclusive para os que lutam com as palavras, uma luta com efeito um tanto vã: os poetas, haja vista o de Itabira, cultuam o exagero ao absurdo, o que confere a este um ar de santidade, àquele, um quê de rematada loucura. Então, que se recomende o Aurélio à guisa de manual de consultas pragmático pra pessoas pragmáticas, contudo neca de convertê-lo em repositório exclusivo da língua. Pergunte ao sr. Prata, *schifaizfavoire*, e ele o porá de olhos grilidos e especado, taralhoco, que nem Joaquim Manuel, de Lisboa, ao confirmar o seguinte. O português pode ser um coitadinho no plano internacional, um miúdo — chiça! — que não cresceu ou só cresceu um bocadinho em Portugal, não obstante a cada dia se enriquece no Brasil. Vivo, entre nós, mestre Aurélio na certa reprovaria o mal que tentam infligir ao idioma, transformando em arma culturalmente brasilicida o útil mas limitado vocabulário que nos legou.

— Corta essa de Sherazade, filho. Você contava de Valdete e o maridão avalentoado, galonado e chifrudo, e de repente pretende me engambelar com essa tirada verborrágico-moralista-filológica a respeito do honrado mestre Aurélio. A *hi-fi* tocava. Se não me engano, o *Besame mucho/que tengo miedo perderte/*

perderte después: uma música de corno para corno, o corno Durão em estado reminiscente, na tocaia. A *hi-fi X. P. T. O.* — lembra-se?

— Tocava. E Valdete rebolava, ao ritmo da música rebolava, abraçando-se a si mesma, mas decerto em pensamento já abraçada ao amante. Deix'eu concluir porém o que vinha sublinhando. Outros saberetes da língua, mestre, ao contrário do Aurélio, passam uma borracha na presumida abreviatura paleográfica de Cristo — em *X. P. T. O.* Afirmam que essas iniciais se originaram no fato de outrora designarem artigos de qualidade excelente, mercadoria importada, destacando-se a inglesa. Surgiu portanto dos letreiros dos caixotes que as continham, o *X* significando *Conferido*, o *P. T. O.*, *Packet to overseas* (*Embalado para exportação*). E era isso, e não outra coisa, o que constava da embalagem da vitrola de Valdete, acrescida da palavra *London*.

— Sem ironia. Agora, para ficar com a gíria quase esquecida, classifico de *X. P. T. O.*, ou seja, de *magnífica*, da pontinha da orelha, a tua explicação, rapaz!

— Grato, mestre. Eu sabia.

Ao deixar para fazer picadinho da mulher após transformar Biazulmi em presunto, o tenente Severino Durão planejou outro destino a ser dado incontinenti à eletrola londrina: pó. Pulverizaria a eletrola e os discos. Pensou: vou mandar a dupla — o depravadão do Biazulmi e a depravadinha da Valdete — ouvir *Vingança*, *Perfídia* e *Nervos de aço* na *hi-fi X. P. T. O.* do inferno, ardendo nas labaredas, espetados por três mil garfos de demônios alucinados, bradando: "Arranca um naco da bunda do veadinho metido a garanhão, seu Caveira", "Retorce esse tridente em brasa no ventre dela, Tranca-Rua", "Chega o teu ferrão mais quente do que cinco vulcões no furico do conquistador barato, Capiroto", "Passa o fogo de tua língua no chumaço da xereca dessa perua, Pé-de-Pato", "Apaga um tição nos ovos do ex-gostosão, dom Cafute", "Queima de esturricar os peitos da adúltera, Bode Sujo", "Põe os dois abraçados na caldeira de piche fervente, Belzebu".

— Eles verão. E é pra já — decidiu-se, pondo fim aos devaneios infernais, o tenente.

A essa altura, justos céus, Biazulmi se aproximava. Após consultar o relógio — meia-noite e quinze —, Severino Durão pôde vê-lo por inteiro, gingando. Atento qual felino, relanceou um olhar para a casa e a traidora, lá, de banho tomado, perfumadíssima, o corpo agora todinho desnudo na sala de porta e janelões abertos para a rua. Do local, flamejante de luzes, a música rolando da eletrola subia romântica, preenchia o espaço com sua forma volátil, intátil, melosa e gozosa, sua alma de Orfeu encantador mas nas circunstâncias mensageiro dos canibais invisíveis que devoram otelos ciumentos de desdêmonas caluniadas ou culposas. Que turbilhão, que saraivada tempestuosa de som! O vozeirão de Nelson Gonçalves arrepiava e fazia tremer até o coração do galo e das galinhas, no poleiro. Odiou com ódio de dez mil homicidas os versos do samba-canção de que mais gostava, os versos que lhe chegavam, sabendo-os destinados ao outro: *Fica comigo esta noite/E não te arrependerás/Lá fora o frio é um açoite/Calor aqui tu terás/Terás meus beijos de amô-or/Minhas carícias terás...* — o vozeirão de Nelson reboando, na noite cheia de estrelas, uma delas piscando tanto que parecia querer despegar-se da abóbada e estatelar-se no chão, de puro alumbramento.

O tenente voltou os olhos para Biazulmi. E sentiu raiva, raiva dobrada, do que viu: a elegância em pessoa. Demorou-se, medindo-os, comparando: as pupilas não paravam, de Biazulmi para o próprio corpo, do próprio corpo para Biazulmi. Da ponta dos pés ao último fio de cabelo, beleza e feiúra se defrontavam. Os sapatos de Biazulmi? Mesmo de noite, na rua, dava para alguém pentear o cabelo refletido neles. Os que calçava? Uns coturnos pesadões, cambaios, miseráveis. O terno que Biazulmi envergava, um LS-120, no rigor da moda, lencinho no bolso, a gravata combinando, alfinete de rubi e diamante, corrente de Omega no bolso ("O melhor relógio do mundo", pensou, pois sempre desejara possuir um daqueles. Mas, caceta, cadê dinheiro, cadê? O dinheiro ia todo pra sustentar no luxo a cretina da Valdete). E mais, o maldito boa-pinta tinha mais: barba recém-feita no capricho, decerto trescalando loção importada de França, bigode rematado em guia, rosto de príncipe encantado de donzela, porém viril. A virilidade que, havendo um mínimo de honestidade, nem o rancor afinal se atreveria a negar. E a cabeleira negra, brilhante, formando um cacho, ou tubinho, na frente, de um refinamento estético tão grande que três mestres cabeleireiros devem ter trabalhado nela um dia inteiro, sem pausa, sem descanso, usando fixadores e toda classe de cosméticos que essa arte requer. E esguio. Biazulmi tinha corpo esguio, conquanto atlético e rijo. Jamais achara homem bonito, ora essa!, mas aquele — se já tinha cara de quem comeu e não gostou, Durão a amarrou de vez. E mirou-se. As partes que não podia ver, ele as via no espelho da memória. "Santo Deus, perto deste descarado sacana, sou mais feio que dois paus-de-arara empalamados e famintos", pensou. E engoliu fel, misturado a ressentimento e um pouco de saliva. Afora a macheza e a roupa, pois macheza Deus lhe dera e roupa podia trocar, tudo o mais, sendo desfavorável à sua pessoa, remexia a ferida do amor-próprio estraçalhado, faca cortando o coração. Os dentes? Feios e sujos, salvo os caninos de ouro. A careca? Nem é bom olhar, ou passar a mão por cima, o casquete não cobrindo nem a metade da cabeça. O rosto?, ainda mais agora, descaindo na papada. Um sapo escrito e escarrado. E o corpo? Gordo e flácido, por causa das cervejas, do tira-gosto, dos churrascos, das massas, de uns meses para cá abusava muito delas. Por causa, enfim, da vida sedentária, montada na rotina burocrática a que, havia dois anos, se entregara. Verdade que nem sempre fora assim, a despeito da tendência para engordar. Pelo menos não tanto assim, quando dava o duro na vida e na caserna. Cacilda, com os diabos, esse tempo se foi, qual pássaro tonto, extraviado entre as folhas da memória. Bruto, disforme, monstro — percebeu-se. E engoliu outra talagada de fel e pena de si mesmo, mas dessa feita sem saliva — a boca seca, os lábios ressequidos. E o outro vindo bem-vindo de lá, cada vez mais próximo, e lampeiro, putz! — homem não pode achar homem bonito, repensou de novo, e concluiu: "É foda!" O tipo — admitiu — era bem-apanhado. Mais fel: engoliu litros de fel misturado com excremento de latrina de quartel. De qualquer modo, controlou-se, apesar do zoim-zoim na cabeça e das veias, latejando, no pescoço. E dos dentes trincando, de raiva, de ciúme, de amargura.

— Atirou? Durão fez fogo em Biazulmi?

— Calma, mestre. Chego lá.

Já lhe disse que o tenente Severino Durão possuía currículo respeitável, de militar e homem valente. Um currículo de deixar verdes de inveja aqueles que servem ao senhor da morte e quejandos tentáculos — medo, ódio, pecado, culpa, luxúria, a baixa hipnótica luxúria de Biá-Príncipe-Biazulmi, a que reduz um homem à condição de Judas que a um só tempo mata a si e ao seu princípio criador, pelo uso abastardado e pervertido da energia que de tão elevada e sublime se confunde com a divina — a energia sexual. Até que dele não reste senão impotência, impotência, putridez e morte jazendo num esquife que a avidez dos vermes aguarda sob a terra, cuja psicosfera a mente do malandrão ajudara a poluir.

— Que aula, filho! Psicosfera não seria a noosfera de Teilhard de Chardin?

— Acertou.

— Em frente. Com Durão.

Atirava com as duas mãos, mestre, o tenente. E acertava em cheio, na mosca, encaixando projétil em cima de projétil, o alvo na distância máxima de alcance. De arma curta, rifle e fuzil. Frieza, pulso firme, reflexo e treinamento intensivo fizeram dele campeão de tiro em plena forma, conhecido e reconhecido, temido e admirado — mais temido que admirado, ora essa! Tão admirado ou temido que ganhava de presente caixas e mais caixas de bala, e havia gente que abandonava o trabalho apenas para vê-lo atirar, durante os exercícios no estande da polícia, o descampado a perder de vista nos fundos do quartel. E ainda ousava umas firulas, incríveis firulas se havia damas na platéia: dobrado em dois, meio caído pra frente, o revólver entre as pernas, mirando pelo vão delas, cortava no vôo e no tiro meia dúzia de limões-galegos — dos miúdos: os galeguinhos —, um de cada vez, um cruzando veloz atrás do outro, lançados ao ar, com toda a força, por alguém escondido, às suas costas. Olho clínico e reflexos maravilhosos: um fenômeno ao premir o gatilho, um ente quase sobrenatural se tinha uma arma na mão. Atirava com a precisão de agulha de máquina de costura ou, mal comparando, com a perfeição de quem toca bem violino — Stradivarius nas mãos de Isaac Stern.

Viera das Alagoas, de acordo com a verdade mais ou menos apurada dos boatos, a carregar dezenas de mortes nas costas, crimes de pistolagem e outros, vários assaz hediondos. Fato corriqueiro naquela época: os fora-da-lei de outras regiões, em particular do Nordeste, alcançavam Goiás e Mato Grosso, onde, obtendo proteção e novos documentos, migravam para o outro lado, o da Justiça — já sabes: outra palavra que me escangalha de rir, mestre! —, assentando praça na polícia. Para não perderem o hábito, de vez em quando, sob o abrigo da farda e a pedido dos manda-chuvas locais, numa incursão de fim de semana tranqüilizavam o sono dos grileiros do asfalto, limpando-lhes os latifúndios improdutivos de posseiros ou sem-terra, que iam comer capim pela raiz em cemitérios clandestinos, perto dos casebres reduzidos a cinza. Faziam o servicinho a título de favor, nunca a troco de dinheiro, conquanto se vissem recompensados de outros modos. Passados mas magníficos tempos aqueles, mestre, pros barões feudais.

— Não tão passados assim, querido, posto que eles ainda enfeudam a terra, embora aqui e ali jogo e jugo pareçam atenuados.

— Exato.

O tenente Severino Durão, mestre, também se lambuzou em famigerado e sussurrado prestígio de cracão no sumiço de prisioneiros, sobretudo dos que a polícia tachava de irrecuperáveis, os p.p.m. — pobres, pretos, miseráveis. De quebra, iam juntos os que de alguma maneira contrariavam o espírito de corpo ou o singular código de honra da corporação. Enquanto esteve entre nós, o tenente mandou ir adubar a terra entre sessenta e setenta cristãos, na maioria suspeitos, pés-rapados, gente-percevejo, os songamongas da ralé.

— Os p.p.m.?

— É. Os p.p.m. e outros desgraçados, que nem só de preto se pigmentam a pele e a massa dos fodidos.

Seu método era rápido e simples. De madrugada, às vezes na reconstituição do crime — crime cometido ou assumido à custa de pancada, choque elétrico, pouco importa —, mandava o detento correr e o abatia pelas costas. Houve até casos de homens que se "suicidaram" com três tiros de fuzil no costado, desferidos pelo tenente, mas que o delegado convertera, com perícia e laudos impecáveis, num primor de inquérito policial, em cujas páginas tantas a pobre vítima, sem dúvida um maníaco-depressivo, roído pelo remorso e atenazado por fantasmas persecutórios, se enforcara usando um trapo, na prisão. Um enforcamento de ingrato, percebia-se, porque o enforcado renunciara aos bons-tratos e à assistência psiquiátrica que o Estado lhe oferecera. O generoso Estado, o Grande Irmão.

O tenente possuía portanto, mestre, folha corrida de impressionar um antigo oficial da Gestapo de Hitler ou um moderno discípulo do general Pinochet.

Concedia o maior crédito, e afeto de pai, ao Colt Cavalinho, que empunhava, e à escopeta, contudo o Magnum, dentro do coldre atado à perna, era o ai-jesus, a garantia, a divindade tutelar, a pessoa — dava-lhe tratamento de gente, não de coisa, atribuindo-lhe poderes sobre-humanos — em que, abaixo de Deus e de si mesmo, mais confiava na vida. Tanto que dele não se apartava nem na hora de dormir. Por isso, e não sem razão, certa feita Valdete manifestara ciúmes do carinho dispensado à máquina infernal, apelidada de Amor — o que o deixara estourando de contente.

— Por que Amor, a arma e não eu? — a mulher bronqueara, fazendo biquinho, num tempo em que o tenente era de fato sua única paixão admitida entre os lençóis.

— Costume, princesa, depois te explico — Durão acariciou a mulher, levando-a para a cama, outrossim mantendo com volúpia o Magnum preso à perna.

Por conseguinte, mestre, com tal arsenal Severino Durão riscaria do mundo dos viventes não apenas um dândi corneador mas até dez cabras machos que lhe surdissem juntos, conluiados, pela frente. Quanto mais em tocaia feito aquela — a barriguda gigantesca, apta a dar guarida a três, quatro, quem sabe cinco atiradores de elite de seu naipe.

— Não seria melhor usar o bem-amado Magnum?

— Seria, mestre, se se tratasse de serviço de rotina — apagar desafeto a mando de figurão protetor, por exemplo, ou vários outros já realizados, dos quais perdera a conta. Nada tão elementar, incluindo o tiro de misericórdia, na nuca, abafado pelo silenciador, e o deixar o local do crime — tranqüilo, tranqüilo —, as mãos no bolso, assoviando. Não, porém, naquele caso.

Naquele caso o *modus operandi* impunha-se especial. Porque Durão não padecia de mero delírio de ciúme, o que obriga um infeliz, porventura corno imaginoso ou imaginário, a cometer loucuras, sadismo, crueldade infame. Não. O que lhe acontecera era real, tudo provado, preto no branco, a começar da, cruz-credo!, duas mil vezes despudorada foto do coito oral recíproco. Com ela, atiraram-lhe uma granada em pleno coração, afetando-lhe os colhões. Evocando-a, sentia-se um homem ainda com colhões, no entanto visto tal qual eunuco pelos outros, o que lhe punha a adrenalina a ferver e, não possuísse autocontrole de ferro, quase em pandarecos os nervos e a autoestima. Mas, nunca — nunca os miolos. Esses continuavam intactos, calculou, imunes a quaisquer desarranjos. Provaria que tinha cabeça, que não a perderia sem mais aquela. De forma que arquitetou uma vingança meticulosa, embora proporcional ao fato que a produzira, ou seja, uma vingança, ruidosa e nítida, a ser apreciada e registrada por três pares de olhos e de tímpanos: os seus, os da esposa e os do amante que a empurrara despenhadeiro abaixo.

Tanto que ele agora se prepara para deixar a tocaia e ir, de peito aberto, ao encontro do inimigo. Se quisesse, que barbada liquidá-lo em silêncio, acionando o Magnum, o outro sem tempo sequer de pressentir o que o aguardava.

Porém, não. Por todos os rufiões da terra, não! Jamais daria uma morte assim distinta, morte de privilegiado, ao Judas Iscariotes de sua honra. Um chifrador, ainda por cima tão próximo da pervertida a esperá-lo, merecia outra morte — e lhe daria esta outra — que lhe doesse fundo no corpo e na alma: um tiro na consciência.

Ao lado pois da morte de feições sinistras, violenta, de mãos dadas com ela, empunhando o Colt, o tenente abandonou o esconderijo, ganhou a rua, a fim de postar-se à frente de Príncipe Biazulmi, face a face com o miserável que desgraçara a sua existência. Durão queria anunciar-lhe, alto e bom som, por que e por quem ele, o despudorado sedutor, iria entregar a alma ao diabo, ali, naquele instante. Do contrário, pensou, qual a graça?, uma vez que o que não se divulga a bem dizer não se realizou. O motivo explicitado constitui o molho da vingança, e esta somente se completa caso entre ouvidos adentro, caso fique estampada na cara, esbugalhada nos olhos do ofensor. Pensou, conversando com a morte, sussurrando-lhe essas palavras. E a morte anuiu, com acenos de cabeça e resmungos de além-túmulo, "Hum-hum, pensaste certo, companheiro!"

Os dois homens, parecendo sincronizados, estacaram o passo, rosto a rosto, olhos comendo olhos.

— Boneca! — estrondou o tenente, o Colt apontado contra o peito de Biá-Príncipe-Biazulmi. — Chegou tua vez. Tu vai saber quem é o macho entre nós, seu fresco.

Deu um tempo.

Biazulmi nem piscava.

— Só não como o teu bozó de nojo. Mas tu vai ser morto e estuprado por um Colt Cavalinho. Este aqui. Porque, depois de enfiar duas azeitonas no teu peito, vou obrigar a piranha da minha mulher a remexer o cano do trabuco no teu anel-de-couro, pra ela ver com que bisca se meteu, enquanto você rebola de dor, gostando. Mesmo sem vida, ou nas últimas, mas gostando. E é pra já. Agora!

Biazulmi deu um salto de gato-do-mato e algo em sua mão brilhou. O tiro estrugiu. Os dois homens não obstante se tocaram. Alguém que os visse de longe imaginaria uma dupla de bêbados se abraçando, e daí a segundos, desfeito o abraço, a se empurrar, cada pau-d'água caindo para um lado.

O punhal penetrara fundo e o sangue esguichava, torneira aberta sob enorme pressão. O tenente ainda conseguiu alcançar o alpendre rastejando, todavia logo lhe faltaram forças e a vista escureceu. Gemia e, ao notar a mulher passando por ele, arrancou um "Puta safada", fraquinho, de dentro da caixa torácica.

Valdete voou para onde tombara Príncipe Biazulmi, que jazia de bruços, a poucos metros dali. Virou o galã com cuidado, tomou-lhe o pulso, colou o ouvido ao peito sujo de sangue, e ao perceber que estava morto, bem morto, abraçou-se ao cadáver e chorou gritado, descabelando-se, retrato escarrado de possessa.

Nem decorrera um par de minutos, tomada de estranha energia, levantou-se, enxugou o que pôde das lágrimas com as costas da mão, e de rosto quase enxuto voltou para casa, a fim de cuidar do marido.

Cuspiu-lhe na cara, escandindo entre os dentes

— Covarde. Bandido!

e a muito custo conseguiu içá-lo para o sofá. O homem ainda vivia e gemia, contudo, de tão exangue, o "Puta" que lhe saía da boca era quase inaudível — era uma golfada de sangue. Valdete voou dessa vez até à cozinha, de onde tornou empunhando uma peixeira afiada.

De um golpe, rasgou a calça do marido; puxou-lhe os bagos e o zeca emurchecido para fora, e com perícia de magarefe decepou-lhe a estrovenga, cerce, bem abaixo da base dos testículos. Logo-logo a sangueira abriu um charco no chão.

Ninguém sabe, mestre, por onde ela zanzou, mas quando o corpo de Biá-Príncipe-Biazulmi estava sendo velado na casa paroquial, belo e florido, dentro do caixão, cercado por multidão incalculável de carpideiras, a viúva do tenente Severino surgiu de supetão, exibindo à guisa de troféu — a mão direita no alto, acima da cabeça — a bolsa escrotal com o peru do cônjuge assassinado, no meio.

— Só trouxe pra te mostrar, amorzinho, o que não valia nem a sombra do teu — ela disse, lançando um olhar de desespero terno ao rosto do bem-amado defunto. Incontinenti, como se combinados, atirou aquele butim de zé-fidélis murcho e ovos sangrentos para um vira-lata que presto o abocanhou no ar.

— É o que o cachorro assassino merece — gritou, referindo-se ao marido.

Contente, o vira-lata lambia os beiços, esgueirando-se do salão. Por um instante, a assistência suspendeu o alarido e o chororô em intenção do galã, e aplaudiu com estrépito. Em meio às palmas da mulherada, ouviam-se gritos de

— Bem-feito!

— Parabéns, criatura, tou pensando em fazer o mesmo com o meu.

— Capa o chifrudo. Capa. Capa. Capa ele — um vozerio, estridente, incentivou.

— O corno meteu-se a brabo, agora deve ser donzela na morada dos demônios. Virou eunuco no inferno. Aquele pobre cachorrinho, que comeu o penduricalho do maldito, se não morrer envenenado, na certa fica incapacitado de dar prazer às cadelas, coitadinhas — uma, um tanto raivosa e prolixa, comentou.

Valdete arriou numa cadeira, à cabeceira do morto, em cujos ouvidos berrava

— Minha vida, minha vida!

caindo em pranto convulso. Mestre, o salão inteiro desandou no berreiro. Era quase de manhã. Nas ruas, vinda de todas as direções, a multidão se compactava, a ponto de não caber mais uma agulha.

CAPÍTULO XIII

A FAMÍLIA. TOALETE E DANDISMO: OS DESVELOS DO HERÓI COM O PRÓPRIO CORPO. DA LEVIANDADE COM QUE OS CATEDRÁTICOS FALAM DE SARTRE AO REFINAMENTO DO SÓSIA DO POETA DOS ESCRAVOS. E TOME *HEBRÉIA, ADEUS DE TERESA, OCEANO DE CETIM* E *TEMPLO DA PAIXÃO*. NA VOZ DO LIBERTINO, TORPEDOS DA ARTILHARIA LÍRICA DE *ORGULHOSA* FULMINAM O ATREVIMENTO DA GRÃ-FINA ESNOBE, PROVOCANDO TEMPESTADE DE PALMAS E CURVATURAS DE MODÉSTIA NAQUELE QUE APRENDEU À MARAVILHA O FRANCÊS RUDIMENTAR DE MADAME OLGÁ OLIVIÁ

Verdade crua, livre de sofisma: quando Biazulmi passou deste para o outro mundo, o femeaço, metido em luto fechado, entregou-se ao desespero, descabelando-se, pondo a alma pelos brônquios, chorando gritado, esganiçado, o pudor mandado pras cucuias, aos ulos e ululos, aos brados e socorridos desmaios, “Uiuiui”, uivavam, “O que será de mim agora?”, “Sem o Príncipe antes ir para as caldeiras do inferno, para as labaredas eternas, do que permanecer penando nesta titica de vida”. Morte, via suicídio, algumas, decididas, tentaram, mestre: catorze ingeriram barbitúricos mas por sorte, ou capricho, ou sei lá o quê na dosagem, não bateram a caçoleta. Uma bebeu formicida, os médicos lavaram-lhe e arrevesaram-lhe o estômago. Sobreviveu, pobrezinha, se bem que fosse melhor ter ido visitar são Pedro do que ficar, como ficou, de boca retorcida, rosto virado pras costas e entranhas em petição de miséria, os olhos anos a fio ignorando o que é uma descida de pálpebras. Doentes. Sim, várias senão todas as mal-suicidadas contraíram doenças, sobretudo na cabeça e nos nervos.

Um suplício!

Entre as que, segundo as aparências, recompuseram a respectiva vida afetiva, as mais afortunadas apenas conseguiam liberar gritos de prazer carnal tendo Biazulmi no pensamento, à proporção que o parceiro real resfolegava por cima, enforcado nos braços e nas coxas. E o animal, quase sempre o marido, nem desconfiava que o seu entra-e-sai de espada-na-bainha era mero desempenho de fantoche: quem fornicava deveras era o querido defunto. Que assim inaugurou no mundo o corno sobrenatural.

De sorte que, apesar da dedicação manifesta, apesar da profundez e extensão de seus poderes, Baco-Dioniso, o deus estrangeiro padroeiro de Erosópolis, enquanto as perdidas por Biazulmi estiveram vivas e ativas, arrumou tão-só paliativos, mamulengos para elas.

Pior: nessa confusão e profusão de adultérios funerários, houve minas piradonas a acreditarem de jurar pros céus no retorno de além-túmulo do galã, Biazulmi em carne e osso abraçando-as no quarto, no banheiro, na cozinha, na rua, no passeio, onde calhasse. A polícia registrou e a ambulância transportou duas donas, boazudas por sinal, que perderam falanges, falanginhas e falangetas, as mãos dilaceradas em cotocos ensangüentados, de tanto escavarem de madrugada em torno do mausoléu, na ânsia de "fazerem" amor com o cadáver, mesmo em desigualdade de condições com os vermes — posto saberem que os vermes já haviam realizado limpeza em regra nos ossos do dom-juan. De qualquer modo e a todo transe, dentre ninfômanas, necrófilas e parceiras mais ou menos normais, não se contou sequer uma que, ao ser chamada ao tribunal de Deus, bem na horinha de bater com as dez, não estivesse de espírito concentrado, oferecendo o último suspiro ao *de cujus*.

— Que morbidez, hein?, ô augusto dos anjos prosador e falastrão. Saiba: estou me lixando pra morte. Agora meu interesse se volta de novo para o alcovista vivo, desde que se mudou de Erosópolis. Combinado?

— Combinado.

— Mãos à obra.

Príncipe-Biá-Biazulmi ganhou o mundo como quem inicia uma partida de xadrez.

No primeiro e cauteloso movimento, irrompeu com sua vistosa estampa em Poções, cidade com o dobro de habitantes de Erosópolis, da qual distava duzentos e setenta e três quilômetros.

A família veio ter com ele. Vanusa, Vanessa e Josenildo, então já casado, e bem casado, não se despregavam do mano bonitão, a não ser durante as excursões, amiudadas e vez ou outra prolongadas, a que Cupido conduziria o herói — a derradeira tão funesta quanto a má sorte de Páris. Nessa altura, Biazulmi entrou a viajar para cidades maiores, à cata de aventuras diferentes, decerto enfarado dos rabos-de-saia locais, que, entre copos e cópulas, sôfregos beberam e lhe deram de beber do cálice da paixão, malgrado a parcimônia e discrição do galã em matéria de garrafas. Queria, enfim, variar.

Em Poções Biazulmi colecionou amores sem conta e brigas de pouca monta, os amores ele os buscou e o tornaram legendário, as brigas, as que não conseguiu evitar, fizeram-no temido dos ciumentos coroados e dos cornos em embrião.

Palavra, mestre, mesmo os homens — pelo menos os que não carregam complexo de bichice enrustida, de veadagem camuflada — admitiam a descoberto a beleza do bambambã.

Tão seguro de si, tanto quanto ou mais que o Don Juan Tenório de Tirso de Molina, ou o de Byron, ou o de Molière, ou aquele, fantasmal, de Georges Bernard Shaw —

presunçoso qual cortesão de Luís XV, o Bem-Amado, temerário como o imperador Pedro I, ao cavalgar adoidado sua realeza e macheza, atrás das prendas da marquesa de Santos, que pombinha!

e cultivando vaidade que os inimigos chifrudos, tremendo de medo e em pensamento, talvez classificassem de donzelosa ou feminina,

Biazulmi dispensava ao corpo tratamento e cuidados dignos de um dândi. Se brincar, de uma coquete. De coquete, sim, mestre, embora sem detrimento de sua virilidade. Ou da imagem que legou aos pósteros no tocante a dotes varonis, reais ou projetados. Na toalete, sobretudo, ninguém — homem ou mulher, que conhecêssemos — o suplantava. Passava horas diante do espelho, e o cacho que afinal esculpia no cabelo, onde o leão tem a juba, consoante frisei, era ponto por ponto trabalho fenomenal, obra-prima, coisa pra ser exibida em cinema. Com certeza usava fixadores tipo gel, porque aquela peça de arte a lhe adornar a cabeça nunca se desmanchava. Pelo desvelo com a pele, com o rosto, com o bigode, com as unhas, pelo brilho nos sapatos, o vinco da calça, o requinte da indumentária, a elegância estampada dos pés ao último fio de cabelo, hoje qualquer de nós apostaria que de Biazulmi cuidavam Helena Rubinstein e Paco Rabanne em pessoa.

— Paco Rabanne?

— Sim. Paco Rabanne vestindo-o e Helena Rubinstein aplicando seus produtos na pele macia e rosada qual bumbum de criancinha, o que lhe conferia um visual que nos nossos dias competiria com o dos artistas produzidos da tevê. Mas nem havia Paco nem Helena. Sem ajuda de ninguém, ele próprio era o alquimista da beleza a serviço da auto-imagem, narciso recusando-se a envelhecer: Dorian Gray, omitindo-se alusão ou restrição ao gênio que o criou.

— Devagar com o andor, colega. Esse cara não escondia algum problema, e problema muito sério!?

— Pode ser. No entanto, o clone que vendia era o de um *latin lover* sertanejo, livre de grilos que lembrassem a seara aberta por Freud e trilhada por Lacan.

— Eh, eh. Possível que aquela raposa política de Minas tivesse razão ao afirmar "Vale a versão, não o fato", ainda que o fato contrarie a versão. Pelo menos no que tange ao consumo social, a essa merda chamada opinião popular, a que todos dão excessivo valor e tratam com exagerado respeito, salvo o autor da frase e um que outro espírito superior, nem cínico nem manipulador do semelhante. Deixemos contudo tais elucubrações com os filósofos.

— Com Sartre?

— Que mané Sartre, mestre! Iria eu falar em regato perto de um rio dessa profundidade e tamanho, desse Araguaia que corre enquanto penso num símile, um filósofo-oceano?

— Meu querido Platão-Sócrates-Diotima?

— Sim. Mas podia ser Plotino. Ou Heráclito. Ou Pascal. Waldo Emerson também não fica por baixo, afiando-se pelo mesmo diapasão.

— Emerson? O que disse que viajar é o prazer dos tolos?

— Não o tome de estalo ao pé da letra, *my teacher*, pois na certa o velho Ralph cuspiu a tirada pensando como Xavier de Maistre, na *Viagem à roda do meu quarto*. Na realidade, foi um bocado além. E estava coberto de razão. No que ele falou a respeito de viajar sobra veracidade. Perfeito. Um dia você o compreenderá. Fácil, fácil.

— Ahn-rã. Então, Biá-Biazulmi, o terror dessas pequenas e até médias cidades, possuía a vaidade de três atrizes reunidas?

— E bíceps de peso médio-ligeiro, peitoral de campeão, um metro e oitenta e nove de altura, nenhum milímetro de gordura na linha da barriga, dentes de Cary Grant a sorrir galanzão no cinema, e um rosto que juravam ser o de Castro Alves escritinho, tal qual o poeta aparece nas litografias. Alguém com fumos de mediunidade até sugeriu ser Biazulmi a reencarnação do autor de *Espumas flutuantes*, cujos poemas ainda por cima sabia de cor. Vivia recitando-os, a fronte alta, a cabeleira basta, o bigode de guias bem-aparadas, longas porém contidas no ponto da sedução, o ar a um tempo altivo e melancólico de deixar caidinhas fadas, moças do fado, galinhas e peruas, beldades anônimas e damas imponentes, eugênias câmaras sedentas de Portugal embora nascidas nas redondezas, egressas do romantismo ou de nossa época avessa a arroubos e fantasias românticas. Para todas elas, se muito instado, e dependendo do ambiente, Biazulmi declamava versos do condor baiano:

Eu quero ver teu peito intumescido,
Ao sopro da volúpia arfar erguido (...)
O oceano de cetim (...).

Vem! Serei teu poeta, teu amante,
Vamos sonhar no leito delirante,
No templo da paixão.

Para as mais sensitivas, Biá-Príncipe-Biazulmi sapecava *Hebréia*:

Sim, fora belo na relvosa alfombra,
Junto da fonte onde Raquel gemera,
Viver contigo qual Jacó vivera
Guiando escravo teu feliz rebanho...

— E *O adeus de Teresa* — meeestre!

com que emoção lhe saía dos lábios, a voz vibrante, os decibéis subindo e descendo na medida exata, de causar arrepios e fazer a Vênus de Milo erguer o braço decepado:

A vez primeira que eu fitei Teresa,
Como as plantas que arrasta a correnteza,
A valsa nos levou nos giros seus.
E amamos juntos. E depois na sala
"Adeus" eu disse-lhe a tremer com a fala...

E ela, corando, murmurou-me: "Adeus".

Uma noite, entreabriu-se um reposteiro,
E da alcova saía um cavaleiro
Inda beijando uma mulher sem véus.
Era eu... Era a pálida Teresa!
"Adeus" lhe disse conservando-a presa...

E ela entre beijos murmurou-me: "Adeus".

Passaram tempos, séculos de delírio,
Prazeres divinais, gozos do Empíreo,
Mas um dia volvi aos lares meus.
Partindo eu disse: "Voltarei, descansa!"
E ela, chorando mais que uma criança,

Ela em soluços murmurou-me: "Adeus".

Quando voltei, era o palácio em festa,
E a voz dela e de um homem lá na orquestra
Preenchiam de amor o azul dos céus.
Entrei. Ela me olhou, branca, surpresa.
Foi a última vez que eu vi Teresa!

E ela arquejando murmurou-me: "Adeus!"

— Vez ou outra, mestre, o pé sobre um banquinho, o herói cedia aos histéricos pedidos da mulherada, e aí, agüenta, coração, agüenta! Biazulmi entremeava canções aos poemas, a dedilhar o violão com o qual cantava nas serestas.

— E os homens — os noivos, os maridos?

— Aplaudiam. A maioria. Estes de fingimento, aqueles de esperteza, a fim de dissimular a dor-de-cotovelo e não perder a mulher no ato. Uns três ou quatro talvez com autenticidade e embevecimento. Biazulmi também incluía no repertório poemas de outros autores que a lenda, espalhada dos botequins para os saraus das famílias distintas, dava como improvisos do poeta dos escravos, provocados por beldades rendidas ao seu gênio e beleza. Principalmente *Orgulhosa.*[2] O mulherio delirava com *Orgulhosa.*

— Recita, Príncipe, recita — as donas suplicavam, batendo as palmas, os lábios desabotoados em sorrisos.

E não era para menos, mestre. Pois constava que com os petardos de *Orgulhosa* — versos improvisados à queima-roupa, num baile de gala ora realizado no Recife, ora em Salvador — Castro Alves calara a orquestra e pusera todos os presentes, *ladies and gentlemen*, pasmos, de boca aberta, a seus pés.

Tudo porque uma grã-fininha endomingada, com o fito de passar à História, tivera o desplante de recusar-lhe o pedido da próxima valsa — isso por volta de 1867, talvez 8. Entrou na História, sim, a boboca, porém fulminada, destruída, arrasada pela artilharia lírica do poeta, agora reproduzida — e com que encanto, são Petrarca, com que encanto! — na voz e nos gestos de Biá-Biazulmi, o Príncipe:

---

[2]O verdadeiro autor de *Orgulhosa* é o poeta Trasíbulo Ferraz, de Uberaba, MG, que infelizmente permanece inédito e, ainda por cima, lesado em seus direitos de autor. (*N. do E.*)

Deixa-te de orgulho, criança,
Deixa-te de orgulho, sossega.
Não vês que o mundo é oceano
por onde o acaso navega?
Se hoje ostentas nestas salas
as tuas pompas e galas
e os teus brasões de rainha,
amanhã, talvez, quem sabe,
este orgulho teu se acabe
e seja-te a sorte mesquinha.

Deixa-te de orgulho, olhe bem:
a sorte dá, nega e tira,
sangue azul em vôs, fidalgos,
neste século é mentira.
Todos nós somos iguais:
os grandes, os imortais,
foram plebeus como eu sou.
Ouve mais esta lição:
grande foi Napoleão,
grande foi Victor Rigô.[3]

Ainda há pouco pedi-te,
pedi-te para valsar.
Tu me disseste "Não",

[3]Victor Hugo. Biazulmi caprichava na pronúncia (*Rigô*), reminiscência do bom francês para principiantes que aprendera com Madame Olgá Oliviá, no Colégio Dois de Julho, de Erosópolis.

Não me quiseste aceitar.
No entanto, tu ignoras
que aquele a quem tanto adoras,
que te conquista e seduz,
embora sendo da nata,
é plena figura chata,
é fósforo que não dá luz.

De nada vale o que tens,
se nada me pode comprar,
ainda que possuísses
todas as pérolas do mar.
És fidalga? Sou poeta.
Tens dinheiro? Em mim é completa
A riqueza do coração.
Não troco uma estrofe minha
Por teu colar de rainha,
Por teu troféu de latão.

(...)

Por isso quando me falas
com este desdém e altivez,
rio-me tanto de ti
que chego a chorar. Talvez —
chorar, sim, porque calculo
não haver nada mais nulo,
degradante e sem sal,

do que uma mulher presumida,
tola, vaidosa e atrevida,
soberba, inculta e banal.

Palmas, palmas, tempestade de palmas. Biazulmi recolhia a ovação à *Orgulhosa* com inúmeras e bem-estudadas curvaturas de modéstia. A seguir, dava-se apenas ao trabalho de escolher — soprando-lhe a senha, a fim de sair à francesa — a mulher com a qual comporia a brincadeira do bicho de duas costas, naquele resto de noite.

CAPÍTULO XIV

MORTO, O GALÃ ENCONTRA UM MISSIONÁRIO À ALTURA DE SUAS EXÉQUIAS: PADRE V. R. P. RABADILHA, JOVEM, ORIGINAL, MODERNO, *YUPPIE*, MAURICINHO, O SEU TANTO VOLÚVEL MAS O ÚNICO CAPAZ DE UNIR EM PERFEITA COMUNHÃO AS DUAS ALAS DA IGREJA DIVIDIDA PELA CONFERÊNCIA DE PUEBLA. EMBORA COMPARTILHEM CERTA ADMIRAÇÃO PELO INTRÉPIDO REVERENDO, OS MESTRES PALRADORES NÃO ECONOMIZAM REFERÊNCIAS OUSADAS, ÀS VEZES TEMERÁRIAS, AO MAGISTÉRIO, À JUVENTUDE E QUEJANDOS. NOVA VISÃO ACERCA DE PECADO, PERDÃO, SANTIDADE E OUTROS TEMAS TRANSCENDENTES

O velório? Três noites de tristeza e também de muita animação, mestre. Padre Vândalo Rabiosque Panaro Rabadilha, o vigário deste setor de nossa cidade, era supermoderninho. Jovem, ar de garotão, vestia roupas unissex prafrentex, no rigor da moda: fosforescentes, furta-cores, tipo cheguei-tou-aqui. *Fashion*, conforme se diz agora.

Batina, alva, sobrepeliz, as vestimentas sacras ele as envergava apenas nos ritos obrigatórios, como se cumprisse penitência — louco pra ficar livre delas.

Embora dividida em duas alas — progressistas e conservadores —, graças a Deus, à conferência de Puebla e quem sabe ao movimento *hippie*, a Igreja liberou geral. Ainda bem. Pois já imaginou eu ter que aprender latim, Jesusinho de minhalma!, quando no máximo engrolo um *Dominus vobiscum* engana-trouxa, ele exclamava, pensando, enquanto se ria de um triquestroques —

— Triquestroques? Palavrinha em desuso, rapaz, mas bem-vinda. Há muito não a ouço.

— Se julgas oportuno, mestre, seria o caso de traduzi-la para a juventude de hoje, analfabeta e alérgica aos dicionários, esclarecendo: significa trocadilho, gente fina.

— Podes crer.

— Então estávamos em que o volúvel e audaz reverendo —

— Quantos anos?

— O padre?

— É.

— Orçava pelos trinta e quatro, trinta e cinco, por aí. Mas, pela santa missa, mestre, não me interrompa. Senão essa história nunca acaba.

Continuo:

Padre Vândalo Rabiosque Panaro Rabadilha riu-se do que leu, ou lhe contaram, ou lhe perguntaram — o seguinte: "Meu padre, sempre confundes o serviço de vinho com o serviço divino?"

— Sempre.

— Ah, bom. Gostei da sinceridade — respondeu o inquiridor.

— Mas não faria melhor efeito o "serviço de *vinum* com o serviço divino", meu chapa?

— Faria. Noutros tempos, o trocadilho era este, com todas as letras. Agradeço-lhe a lembrança.

— Não há de quê. *Vinum bonum laetificat cor hominis.* "O bom vinho alegra o coração do homem." Camilo. *A queda de um anjo.*

— Frase tirada, se me permite, de um salmo de Davi: *et vinum laetificat cor hominis:* "e que o vinho alegre o coração do homem".

— Exato. Damos isso de lambujem e de bandeja aos jovens.

— De lambujem e bandeja, embora não o mereçam, mestre. Porque, além de analfas, os pirralhos são mal-agradecidos. Não grunhirão sequer um "Brigado, fessor", você verá.

— Volvendo a ele, Camilo: galego tão bom quanto o vinho, o velho e clássico Camilo Castelo Branco, concordas? Neste resto de férias, vou reler as *Novelas do Minho.*

— Jamais com fins pedagógicos, espero, porém para exclusivo deleite próprio, mestre. Pois os moços de hoje querem apenas fruir a bronha. Aliás, malbatida, ao contrário das que outrora castigávamos.

— Não sejas injusto, meu serafim. Também vivem grudados na internet.

— Bela combinação, mestre. Bronha via internet. Gozo virtual.

— É. Até Paulo Coelho — não demora nada — virará um Joyce para eles. Dificílimo.

— Fodam-se.

— Taí um verbo conjugado a granel e com furor pelo padre Vândalo Rabiosque Panaro Rabadilha.

— Gostava da brincadeira, o Rabadilha?

— Gostava, mestre. E de diversas maneiras e poses, delas inclusive acatólicas. Com efeito, o sacaneta vivia a mostrar a língua, sacerdotalmente tremulando, pras beatas. Às vezes até na missa, no meio do sermão, por esquecimento.

— Por esquecimento?

— Parece.

— Que foi feito dele? Morreu?

— Não, mestre. Canta por aí. Noutra freguesia. Mas o que interessa é padre Vândalo Rabiosque Panaro Rabadilha na quadra em que Biazulmi bateu as botas, tenha ou não mudado muito de lá para cá, sob o peso de chumbo dos anos. E de porventura monsenhor.

— Tomara.

— Tomara o quê, mestre?

— Que esteja monsenhor. Ou a caminho de um bispado. Merece. Ardo de curiosidade. Fala mais desse padre. Fala.

— Falo.

Mal liberava os fiéis e se via liberado do ofício religioso, corria a repor os ternos, gravatas e suéteres espalhafatosos. Ou, se o calor os proibia, metia-se naquelas roupas esportivas brilhosas, de almofadinha, apertadinhas na cintura, no peitoral, nas omoplatas, na bunda, confeccionadas para salientar a musculatura, da qual aliás não se descuidava, dando o duro nas academias e praticando *cooper.*

— Praticava *cooper*? O... o... (*ele faz a clássica rodinha com o polegar e o indicador; gagueja de propósito, e mostra:*)...perfeito?

— Neca de pornografia, mestre! Não complete o trocadilho com palavra. É por demais obsceno. Indigno, já falei, de tua cátedra.

Apesar da juventude, padre Vândalo Rabiosque Panaro Rabadilha usava boina pra esconder a calva, umas boinas importadas, elegantes, à Guevara, quando o prestígio de Guevara andava nas alturas. Contra a calvície precoce padre Vândalo Rabiosque Panaro Rabadilha tentara de tudo, mestre — pomadas, ungüentos, raizadas, pílulas, nacionais e transnacionais. E por fim um xampu que o cabeleireiro de grã-finos Lã Repas Melena garantia ter desenvolvido com os silvícolas do Alto Xingu, remédio para lá de eficaz contra a queda dos cabelos, repõe um a um até o último dos fios perdidos. Adeus, cabeça sem teto, adeus!, hoje em dia só fica destelhado quem quer, rezava a propaganda, com este arremate de ótimo efeito na tevê: "Não existem índios carecas. Com o xampu Uru você terá cabeleira de Sansão, e Dalila a seus pés, podendo colocá-la no colo e — bom, a escolha é sua: em qualquer outro lugar. Daí em diante, deixar que ela lhe tose ou não a juba, o problema é todo seu". E o vídeo, mestre, que antes exibira um calvo gordo, solitário e triste, focava uma mulher em trajes sumaríssimos afagando o mesmíssimo homem agora melenudo e sorridente, com disposição idêntica à do rei dos animais, e não o rei na leocaverna dos horóscopos, mas numa suíte suntuosa de motel. E que mulher, ô safanildo, que mulher! Um morenaço de parar o trânsito, pelas duas pistas, de frente e de costas, um morenaço com bumbum, peitaria e uma sugestão de monte pubiano — malcoberto pela neblina da *lingerie* alvacenta — de fazer velho paralítico engolir a prótese, ou de deixar surdo-mudo falando sozinho, aos gritos, e ouvindo música no ar.

— Padre Vândalo tornou-se cabeludo?

— Ignoro.

Sei que vivia nos trinques, um janota nota dez. Da cabeça aos pés.

Como se tal não bastasse, padre Vândalo Rabiosque Panaro Rabadilha — finoríssimo, maquiavélico político — jogava nos dois times: passava por progressista e andava de amor correspondido com os ultraconservadores. Um gênio. À altura de Maquiavel, ou do próprio duque que serviu de modelo ao maroto do Maqui. Aquele, mestre, dos Bórgia, filho de papa, cardeal e devasso, digno irmão de Lucrécia.

— O duque de Valentinois?

— Esse.

Olhos ladinos e manhosos, padre Vândalo Rabiosque Panaro Rabadilha convivia com homens do quilate do professor Higino Paleólogo, de acendrada solidez burguesa, e não perdia — que mágico, que merlim! — a admiração do Partido dos Trabalhadores (PT), à época de oposição, e radical, do PC do B (Partido Comunista do Brasil) e de certos remanescentes trotskistas e stalinistas. Padre Vândalo Rabiosque Panaro Rabadilha sabia a um tempo coexistir de maneira pacífica e festiva com os fazendeiros da UDR (União Democrática Ruralista), a nossa Ku Klux Klan do cerrado, e os militantes do MST (Movimento dos Sem-Terra), naquela ocasião rotulados com outros nomes.

— Que nomes?

— Novo branco na memória. Sinto. Daqui a pouco me lembro.

Eram contudo os mesmos sem-terra de hoje, às turras com os latifundiários da UDR, estes em defesa das neocapitanias hereditárias, enquanto os lavradores — de permeio, alguns malandros demagogos das cidades —, pagando às vezes com a vida, nutriam o desejo de ocupar um naco de chão, de déu em déu com a família, expulsos pelos jagunços quase sempre sob o manto do governo.

— O país não mudou nada.

— Essa merda nunca muda.

Com protesto ou sem protesto, com conformismo ou sem conformismo, com *Go home yankees* ou com *Welcome yankees*, o país se mantém no miserê habitual: crianças comendo calango, sobretudo no Nordeste, gente enfiando a cara no lixo à cata do que comer, isto em qualquer parte, reformas nem é bom falar, a agrária então para quê?, os sem-terra que se trumbiquem, os desempregados, um exército de milhões, esses já se encontram de ordinário fodidos, ao passo que outros milhões classe-média, além de fodidos, malpagos, e o governo nem aí, um apêndice das oligarquias. Justiça social virou coisa para inglês ver.

— Virou?

— Claro. E na pátria deles.

Padre Vândalo Rabiosque Panaro Rabadilha fez-se benquisto de todos, dos de cima e dos de baixo, a ponto de aboletar-se em cargos de relevo na administração provincial, embora de fachada pertencesse à ala avançada da Igreja.

— A progressista?

— É. Engolida pelos conservadores.

— Com as bênçãos do senhor arcebispo.

— E também do Santo Padre.

— Assim seja!

De maneira que, nessa vida pública de dupla personalidade, hoje rotulada de politicamente correta por articulistas de nossos jornais, padre Vândalo Rabiosque Panaro Rabadilha lixava-se pra ortodoxia, lançando mão, em especial no púlpito, de argumentos do agrado do populacho, pescados da teologia da libertação. Tererê, tererê, sua boca vivia cheia de igreja solidária com os pobres, e outros papos utopistas, porque, parará, parará, larará, lororô, Ó meus irmãos, Cristo perdoa tudo. Que papo-furado, mestre. Como se Cristo ou o Pai, que são Um — e nós somos um com Ele —, houvessem ofendido alguém.

— Por que ofendido?

— Ora, mestre, apenas perdoa quem ofende. Por acaso Deus terá te ofendido? Ou me ofendido? Ou ofendido qualquer de seus filhos, que em última instância são o Filho?

— Então, Deus não perdoa?

— Não. Impossível. Pois Ele nunca foi ofensor. Sabe pra que serve o perdão, mestre?

— O colega vai me dizer. Contudo, para encurtar conversa, vejo-me obrigado a confessar que há afrontas que não perdôo.

— Faz mal. Aliás, não faz mal nem bem, porque um dia isso lhe entrará cabeça adentro, mestre. Entrará na sua e em todas as cabeças.

— O quê?

— Que o perdão não reconhece outra coisa senão esta: o que eu pensei que o meu irmão me fez jamais ocorreu. Porque o perdão compreende a ausência de pecado, a nossa unicidade com Deus e com todas as criações que vivem e se movimentam na mente de Deus, incluindo aí a totalidade do gênero humano, até os que ainda estão por nascer. O perdão constitui apenas um meio de se alcançar a paz, e de se pôr um fim a toda ilusão de pecado, destruição e morte, o caminho em suma que o levará a um lugar de onde você descortinará o Céu e verá a face de Deus.

— Onde fica tal lugar?

— Dentro de cada um de nós. *Aqui.* No seu coração.

— Sei.

— Ponto pacífico, mestre: o Filho de Deus nunca pode mudar em função daquilo que os homens fizeram dele. Ele será o mesmo, ontem e hoje, visto que o tempo não designou o seu destino, nem estabeleceu a hora do seu nascimento e da sua "morte". E o Filho de Deus é qualquer um de nós, somos todos nós, cada qual de per si. O perdão não o mudará. Entretanto, o tempo aguarda o perdão para que as quimeras — os fenômenos seculares — venham a desaparecer, assim que já não tiverem nenhuma utilidade. Pois nada sobrevive ao seu propósito. Se se concebe algo para morrer, então de bom ou mau grado isso morrerá, a menos que não tome tal objetivo como seu. A mudança: eis a única coisa capaz de ser uma bênção aqui, onde nada se fez fixo, não obstante as aparências. Não lograrás portanto instituir uma meta que não seja conforme o propósito de Deus para ti, e instituí-la como imutável e eterna. Podes até dar a ti próprio um desígnio que não tens, mas jamais conseguirás remover a faculdade de mudar a tua mente e ver nela outro fim. Porque a mudança constitui a maior de todas as dádivas que Deus conferiu a tudo que almejas com o cunho da eternidade, para assegurar que apenas o Céu não passará. As demais metas se instalam no tempo e mudam de forma que o tempo possa ser preservado, à exceção de uma. Segue-se que o perdão não tem por objetivo preservar o tempo, mas possibilitar que ele termine quando não servir mais para nada. Cumprida a sua meta, o perdão desaparecerá, uma vez que, onde ele antes tinha trânsito, restaurou-se agora o atributo que Deus prescreveu para seu Filho em plena consciência. De sorte que o tempo não alcança determinar um fim para a sua realização nem para a sua imutabilidade. A morte não mais existirá, porque os vivos compartilham o destino que o seu Criador lhes concedeu. A função da vida não pode ser morrer. Tem de ser a extensão da vida, para que ela se mostre uma só, infinita, para todo o sempre.

— Cara, que lampejos de novidade tu me trazes. Acho que vou despencar. Das nuvens.

— Carece, não, mestre. Fique em teu lugar.

— Então, deix'eu firmar meus pés. Prossiga.

— Este mundo atará os teus pés e as tuas mãos e matará o teu corpo apenas se pensares que ele foi feito para crucificar o Filho de Deus. Pois, embora o mundo tenha sido um sonho de morte, não precisas deixar que represente isso para ti. Permite que se mude tal visão e nada no mundo deixará de ser mudado também. Posto que tudo aqui é definido pelo propósito que tu vês nas coisas. O perdão não abole pecados, tornando-os reais. Ele tão-só vê que não há pecado. E, nesse modo de ver, todos os pecados são perdoados. Ora, o que constitui o pecado senão uma falsa idéia sobre o Filho de Deus? Um pensamento que não perdoa: eis um pensamento que julga, e no mundo não há julgamento que não seja iníquo e inócuo. Desiste, portanto, de todo ataque contra qualquer pessoa. Porque, no fim das contas, somos incapazes de ferir e de ser feridos. E por que não logramos ferir e ser feridos? Ora, porque tudo o que fazes, mestre, fazes a ti mesmo.

— Rapaz, meu queixo vai cair! Outra vez. Que pregador me saíste. Onde aprendeste tamanhas novidades?

— Me ensinaram.

— Parece lição decorada.

— E é. Digamos: intertextualidade. *A course in miracles.*

— Autor?

— Deus.

— Tá brincando!

— Deus adora brincadeira, mestre. Deus é pura alegria.

— Caramba, filho, é morrendo e aprendendo. Minha sina.

— Podes caçoar à vontade, mas não existe morte, mestre. No frigir dos ovos não existe morte, porque nós ainda somos como Deus nos criou. Livres e perfeitos.

— Somos imortais?

— Sim. Com fé formada. Aptos — não necessariamente prontos — a atingir, a conhecer e reconhecer a imortalidade, inclusive aqui na Terra.

— Conquanto constituam uma visão radical e consoladora, percepções desse naipe me deixam zonzo, pois revolvem uma porção de conceitos que juntos aprendemos.

— No Colégio do Bonfim?

— Lá.

— Aqueles já mencionados?

— Os próprios. E de tal sorte que me sinto miudinho de medo ante as abordagens que, sem querer, trazes de novo à tona, do padre Deharbes e seu *Grande catecismo.*

— Entretanto, toda a pletora de preconceitos nos foi inoculada e se encontra arraigada no nosso âmago desde um tempo anterior ao Colégio do Bonfim. Lavagem cerebral, religiosa ou não, mestre, apenas adensa em torno de nosso ser as trevas — terror, morte, ignorância, desespero —, vale dizer, apenas torna mais sufocante o ar da cela em que nos prenderam, buscando em vão nos privar da luz.

— Misericórdia! Pelo sangue de Cristo, me poupe de lembrar a tirania da Igreja, ou melhor, das igrejas. Preferiria, antes, recordar a fisionomia daquele general-presidente-ditador da República que tinha predileção por cavalos. Preferiria recordar a arrogância e crueldade dos milicos que torturavam e matavam. Preferiria recordar o outro general, o que o antecedeu, e todo o horror da ditadura, a continuar presa impotente do terrorismo judaico-cristão, legado por nossos pais, pelos pais dos nossos pais, e assim, em retrospectiva, até a náusea. Mil vezes.

— Ok. Proponho ignorá-lo.

— Amém. Então, falavas do Céu, amigão. Sempre se busca o Céu. A questão é onde — onde encontrá-lo?

— Não busques nada fora de ti mesmo.

— Cara, por que não fundas logo uma seita? Ganharás dinheiro a rodo. Conta comigo. Desempenharei papel à sua escolha, contanto que recolhamos o dízimo.

— O templo do homem já tem lugar definido, mestre.

— Hã? Verdade? Jura? Em que lugar?

— No próprio coração do homem.

— De tudo que falaste posso inferir que não levas a sério, por exemplo, a infalibilidade e a santidade do Sumo Pontífice?

— A santidade de João Paulo II, o sr. Wojtyla — eis uma realidade, algo inquestionável, mestre. Só que o papa é tão santo, ou destituído de pecado, quanto qualquer um dos bilhões de seres humanos, englobando os que virão a nascer. Os chinas, o sacristão, o pedreiro, o racista, o anti-racista, o plebeu, os nobres de Albion, os puritanos dos *States*, o analfabeto, o letrado, o poeta, o antipoeta, os do primeiro, do segundo e do terceiro mundo, todos os homens e mulheres, enfim — todos sem pecado. Porque todos nós ainda somos como Deus nos criou: completos, isentos de culpa, de medo, de morte, e portanto não destinados ao inferno, embora de momento vítimas de uma ilusão que o ego — o grande inimigo — engendrou.

— O ego precisa ser eliminado no homem?

— Precisa.

— Até o último vestígio?

— Sim.

— E será de fato extinto? Na totalidade dos seres?

— Claro.

— Quando?

— Depende de cada um.

— Ouça: você despejou coisas demais em minhas pobres ouças. Se houve trocadilho, foi involuntário.

— Compreendo.

— Agora, falando sério. Afaste de mim este cálice, filho. Quero dizer, e de uma vez por todas: neca de divagação. Estávamos num velório. Voltemos ao velório. De Biazulmi, o Príncipe.

— Pois não.

— A ele.

— Sim. A ele.

— Mas, antes, diga-me: por que meteu o padre Rabadilha no imbróglio? Afinal, que diabo tem a ver o padre Vândalo Rabiosque Panaro Rabadilha com o velório de Biá-Príncipe-Biazulmi?

— Tudo.

— Garante que me conta?

— Conto.

— Direto ao assunto, meu rei.

— Direto.

CAPÍTULO XV

O ALTAR-MOR MUDA DE LUGAR. CELEBRAM-SE CENTENAS DE MISSAS DE CORPO PRESENTE. VIÚVAS DE BIAZULMI, MULTIDÃO DE FÊMEAS PROVOCA UMA CONFUSÃO DOS DIABOS, DEIXANDO A CIDADE DE PERNAS PRO AR. BAGUNÇA COMPLETA NO TRÂNSITO, COM ENGARRAFAMENTOS FENOMENAIS. BRIGAS, ARRANCA-RABOS MEDONHOS ENTRE PEITUDAS RIVAIS E RAIVOSAS. HUMILHAÇÃO DOS CONFRADES DA CORNUDAGEM, IMPOTÊNCIA DA POLÍCIA, OPORTUNISMO DOS POLÍTICOS, DISPUTA DE FUNERÁRIAS, CONCORRÊNCIA COMERCIAL PROMÍSCUA, GRITOS DE DOR, CAOS, SOFRIMENTO, MAS EM COMPENSAÇÃO LANCES DE COMOVENTE SOLIDARIEDADE. O BANHO DE TRANSMISSÃO DA EMISSORA-LÍDER, ALGO INÉDITO MESMO EM ELEIÇÃO DE PAPA OU DE PRESIDENTE DA REPÚBLICA, PELA TEVÊ. *SHOW* DE MÚSICAS PREFERIDAS, VÁRIAS DELAS CANTADAS PELO CHARMOSO DEFUNTO. FOLHETIM VIRA NOVELA E FAZ METADE DO BRASIL CAIR NO CHORO

Apesar de tudo, um sábio, a seu modo, o almofadinha do padre Vândalo Rabiosque Panaro Rabadilha, que além do vinho da missa enxugava umas loiras suadas, não desprezando o maltezinho escocês e o dourado efervescente do champanhe, ao termo dos batizados e casamentos, das celebrações laicas e eclesiásticas. Pois, de portas abertas e janelas escancaradas, mestre, ele cedeu o salão paroquial pro velório de Biazulmi, assim que a mulherada assomou ao pátio, conduzindo o esquife. E pressuroso salvou a cara da Santa Madre ortodoxa, bancando o bom samaritano:

— Ó minhas irmãs — ele disse —, dentro da igreja, não. Não por mim, vocês sabem, mas dentro da igreja passa dos limites.

E abriu a casa paroquial, contígua ao templo.

Fingindo primeiro nada notar e, depois, dando a entender que fora tomado na marra, deixou ligado o serviço de alto-falante. Talvez achando isso pouco, vez que onde acaba a terra de Nosso Senhor emenda a de Nossa Senhora, fez vista grossa pros castiçais, pras imagens e até pros bancos, trasladados do altar-mor e da nave sagrada para o salão onde instalaram o morto, a fim de prestar-lhe a derradeira homenagem.

De forma que o interior da igreja ficou pelado e os nichos, órfãos dos santos apóstolos, Pedro, Paulo e João, órfãos de são José, de são Judas Tadeu, o orago da paróquia, de são Sebastião, o mártir, da Virgem Santíssima e outros emissários divinos de igual prestígio e poder.

No salão paroquial, próximo à cabeceira do finado, improvisaram um altar, coberto de flores. Esse altar sobrepujava em beleza o outro, do qual surrupiaram tudo o que era removível: o enorme Cristo crucificado, o sacrário, o cortinado do sacrário, o corporal, além do hostiário, dos paramentos, a tralha inteira da sacristia, incluindo o ajudante-de-missas Bento Beguino, há treze anos servindo à paróquia. Em resumo: tirante as paredes, trouxeram tudo para o amplo salão paroquial, *mutatis mutandis* apto à realização de qualquer ato litúrgico.

Padre Vândalo Rabiosque Panaro Rabadilha rezou para mais de duzentas missas de corpo presente, encomendadas em segredo e regiamente pagas pelas fiéis — a paróquia arrecadou um dinheirão.

A princípio nas ruas vizinhas, e em seguida em toda a capital, o trânsito virou uma zorra. Você precisava ver o movimento, mestre, que baita movimento, nunca houve algo parecido, nem quando o escrete canarinho levantou o caneco e desfilou em carro aberto. Mãos foram invertidas, o fluxo de carros desviado, ruas interditadas, os ônibus superlotados, novas linhas criadas às pressas e postas em circulação, os táxis não dando pras encomendas, reforçados por frotas de outras cidades, chovia mulher no pedaço, algumas em cada carrão!

E também mulher de bicicleta, um enxame de bicicletas, mulher de moto, mulher a pé, regimentos de mulheres surgindo de toda parte, uma que outra de camisola, delas até de shortinho, a maioria bem-produzida, boca cheia de batom; choro, suor e canícula derretiam o rímel, estragavam a maquiagem. Esta mostrava semblante duro de estátua, mas aquela, apesar do desconsolo, caprichava no rebolado: andava como tirando música do corpo, nas cadeiras um remelexo de samba, na bunda sutil mistura de ritmos, madame dançandava, sambandando, foxtrotando, tangondulando, frevoscilando, porventura remexendo nos nervos até do defunto, ô diaba. Mas sem deixar de carpir. Uma graça!

— Só mulher?

— Não, mestre. Força de expressão. Mas havia mulher à beça, mulher a dar com pau, o espetáculo lhes pertencia, elas o protagonizavam, luz, câmera, ereção. Compareceram ainda crianças, claro, várias puxando o leite do peito das mães. Ardendo de curiosidade, e murchos de medo de serem expulsos, boêmios, bêbados e barbados de outras faunas materializaram-se ali, inclusive um que outro cidadão indignado, bradando

— Mas que exagero, que falta de vergonha!

de repente calado no tapa e a bater em retirada. Um tal Salvador Servodedeus, pastor da Igreja Luz dos Povos, uma seita evangélica sectária e barulhenta, sediada em palacete do outro lado da rua principal, saiu direto pra unidade de terapia intensiva do Hospital Geral, o rosto uma pasta de sangue, o corpo em petição de miséria, não sei quantas costelas quebradas, a clavícula idem-idem, com suspeita de traumatismo craniano e de se tornar paraplégico. Levaram-no voando em ambulância, porque tivera o desplante e a má sorte de injuriar o velório de gramofone na mão. Por milagre a polícia conseguiu retirá-lo do monte de fêmeas enfurecidas que lhe caíam por cima. Pudera! Pois quem o mandou comparecer com os insultos gramofonizados, permeando o sermão!? Felizmente, isso ocorreu no primeiro dia, quando a assembléia mortuária mal havia se instalado e, embora quentes, os ânimos ainda não pegavam fogo.

— Morreu, o Servodedeus protestante?

— Não. Porém nunca mais pôde pregar, privado da orelha esquerda e de dois terços da língua.

— Aí, os homens deram no pé?

— Não. O que não faltou foi confusão.

Conquanto em minoria, e minoria ínfima, os marmanjos continuaram aparecendo. Mas sem tugir nem mugir, viola enfiada no saco, cadeado na boca. Ficavam só observando, ressabiados, de longe. Na maioria, cornos. Pode apostar. Se bem que não faltassem os mais ousados, os que vieram buscar as esposinhas debaixo de tapa e pescoção, esgoelando para Deus e o universo

— Eu mato, eu mato!

e não sei mais o quê. Que bebiam o sangue, que enchiam de porrada quem crescesse e aparecesse, porque "Ofensa eu não admito", "Meu lar não será desonrado", "Tenho mais colhão que qualquer filho da outra no mundo". Cada um dos chifrudos avalentoados repetia a bravata, mas guardando prudente distância das distintas caras-metades.

— Puxa. Que respeito, hein!?

— Respeito uma ova, mestre. Medo da solidariedade em cadeia, ora pílulas! Cientes de que a dor une e pune mais que outros castigos.

— Daria um braço e de quebra o pescoço pra ver a cara do bando de galheiros.

Sentiste o drama, né, mestre? Tudo miolo de pote, papo-furado, histerismo de cabrão, à maneira dos baitolas desprezados ou das ninfômanas botando pra fora o furor uterino órfão de pica por dentro. Manjadíssimos, tais rebates falsos da coragem: os brabos da irmandade cornuta

— A irmandade de são Cornélio?

— Sim.

são de matar de rir.

Mas exemplos em contrário, de conformismo e resignação, também sobejaram.

Um deles, famoso e supimpa: com o engomadíssimo jaleco branco de médico e ar merencório de quem pranteia amigo do peito ou irmão, o doutor Cordelius Clemente Cordato viu-se de súbito proclamado rei da mansidão coroada, mecenas do adultério, padroeiro dos chifrudos, *primus inter pares* da confraria cornelina, visto ter permanecido quarenta e oito horas seguidas de pé e sem arredar pé da cabeceira do morto. Agüentou firme esse tempão deitando olhares compridos e compungidos ao defunto, numa simulação quase perfeita de que ele e Biazulmi provinham da mesma curriola: cupinchas, confidentes, carne-e-unha.

— Tudo teatro? Então o maridão benemérito, encarnação viva e ativa da honra, era excelente ator.

— Sem temor de desmentido, mestre. Farsa, encenação, puro embuste, porque o que o doutor fazia no duro era vigiar a esposa, uma loira tirada a Marilyn Monroe, boazuda e enlutada, que ora chorava baixinho, uns fungados e soluços de cortar o coração, ora gritava de estremecer o telhado e os alicerces da casa — gritava

— Eu também quero morrer, eu também quero morrer,

uma endemoninhada escritinha, o rosto congestionado, os olhos nadando em lágrimas, à cabeceira do galã, cuja fronte ela empapava cada vez que o beijava. E o beijava amiúde, sôfrega, nos intervalos da dor, a alisar-lhe o cabelo, a deitar-lhe um olhar fundo e profundo, puxado do outro mundo, mestre, puxado do outro mundo com os suspiros.

Até aí ela, a dondoca Futilinda dos Prazeres, e o cirurgião Cordelius Clemente Cordato formavam o casal mais badalado do soçaite. Naquele momento, porém, em que a alvura do uniforme do galhudo cortador de entranhas contrastava com seu luto fechado, pesado e irrepreensível, a adúltera parecia a quilômetros de distância da figura vaporosa e risonha que víamos e admirávamos nos jornais e na tevê, sempre ao lado do distinto. Ah, mestre, o galo enche o peito mas é a galinha que bota os ovos, o galo canta mas cocó corococó é a galinha que mostra a realidade do terreiro.

Não obstante, desafiando as olheiras, desafiando a coriza a verter tristeza pelo nariz avermelhado, a beleza cheia de curvas de Futilinda dos Prazeres ainda se impunha, embora um tanto machucada e grave, naquele ambiente emoldurado de morte. Porque Futilinda dos Prazeres possuía o frescor e o encanto da Vênus nascida de Botticelli, ou da Alegoria da Primavera, aquela cercada por Mercúrio e as três Graças, um ramo de flores nos lábios entreabertos. Aquela, que lá se encontra —

— No Louvre?

— Não, mestre. Galeria dos Ofícios. Firenze.

Mal comparando, o doutor-cirurgião exibia disposição atlética de campeão olímpico ao manter-se perfilado, imóvel, durinho, durante dois dias e respectivas noites, ao pé do caixão. A não ser pelas duas ou três vezes em que deu um pulinho ao banheiro, a fim de aliviar-se, não se moveu um milímetro de onde se plantara, nem para buscar comida.

Alimentava-se das bandejas cheias de biscoitos, frutas e cafeteiras, que mulheres chorosas, jovens e maduras, punham a circular no salão. Apanhava ao acaso, num golpe de gato, aqui um pedaço de broa, ali uma maçã, cravava-lhes os dentes, sem desgrudar os olhos do esquife, embora de verdade os tivesse espetados na patroa. Para ser franco, mestre, ninguém jamais vira, ou pretenderá ver, outro rabo-de-olho igual ao do doutorzinho. Fixo e penetrante.

Enquanto isso, imagine o consultório fechado e os pacientes na mão, à mercê da morte e dos achaques, inventados ou verídicos. Impossível precisar se este terá morrido e aquele caído na faca, quer dizer, no bisturi de outro carniceiro, porque o diabo do Cordelius Clemente Cordato, apesar de corno, e muito corno, era senhor de uma quase divina reputação cirurgiã de esculápio. Enfim, uma dessas criaturas, mais que vós, pobres mortais, dignas de veneração, posto darem a ilusão de prolongarem a vida ou adiarem a finitude do corpo.

Observador apressadinho concluiria que não lhe escapara um único lance do velório, até pegar na alça do caixão. Pegou-a do lado dos pés do cadáver, objetivando não perder de vista a esposa que se descabelava adiante, prima-dona entre tantas estrelas no papel de viúvas daquele lindo cobertor de orelhas, arrebatado de seus leitos para apodrecer feito molambo debaixo de sete palmos de chão.

Cordelius Clemente Cordato somente deu meia dúzia de passinhos com a mão na alça do ataúde, já que o mulherame de jeito nenhum ia permitir homem, mesmo que não fosse lá muito fanático, conduzir os despojos do amado garanhão. Enquanto afastavam o doutor de maneira mais ou menos brusca, uma delas esqueceu o choro pra lhe passar um carão, "Vê se desconfia, traste, mete o galho entre as pernas, procura o teu lugar". E note que, apesar de tudo isso, o aspudo até que foi bem-tratado, talvez devido à roupa imaculada de médico, em tudo igualzinha ao anúncio do sabão Rinso-lava-mais-branco, em voga naqueles dias.

Ao final do enterro, Cordelius Clemente Cordato se viu recompensado com alguns olhares bondosos e diversos apertos de mão, pois, solícito como cortesão a servir a rainha, mostrara a utilidade da ciência: distribuiu grande quantidade de calmantes, mediu pressão e acudiu um sem-número de desmaios, dois de sua própria cara-metade. Homem bom e compreensivo, ele a confortou bastante, embora àquela altura parecesse absurdo e ridículo que, ator, e canastrão até dizer chega, ainda pretendesse enganar alguém na impostura de terapeuta neutro, desprendido. De modo que, quando uma voz gritou

— Corta essa, bicho!

o doutor entregou os pontos: abraçou a mulher, a bela e curvilínea Futilinda dos Prazeres, e só faltando cair no choro com ela, conduziu-a ao carrão.

Sim, mestre, também li sobre o casal e vi seus rostos ensolarados de riso, "derramando pelos lábios toda a felicidade do mundo", conforme escreveu o jornalista na coluna "Alta Roda", da *Gazeta* de anteontem. Pena que as folhas cheguem a esta parte do rio com um dia de atraso, daí as vantagens da tevê. Adorei a legenda sob o retrato, uma pérola da cultura bilíngüe do melhor colunista social de nossa imprensa: "*The most beautiful* casal do nosso *high society*".

— Leste a página política?

— Ora, se eu ia perder!

O homem agora anda metido na politicalha graúda, dizem que a secretaria de Estado que ocupa tornou-se café-pequeno para ele: Cordelius Clemente Cordato quer chegar a governador.

— E governador há de ser.

— Com os nossos votos, talvez.

— Talvez.

Nos funerais de Biá-Príncipe-Biazulmi o doutor obviamente não afivelara aos lábios o sorriso do dentifrício Kolynos. Ao contrário, mestre. Passou todo o tempo de cara amarrada, murchinho, tristinho, cabisbaixo, numa postura idêntica à das mulheres, as poucas, que não destamparam a berrar, a sacudir o universo à força de soluços — idêntico em suma às que choravam por dentro.

— Muitas choravam por dentro?

— Muitas.

Tudo ali, choro explícito ou choro reprimido, era dor emendada, dor única, um desolamento, uma aflição de viúva, de viúva que se imagina ou se sonha recém-casada a apalpar um corpo de pesadelo, com ela, de noite, na cama. E, além disso, no meio do corpo, alguma coisa dura a espetar um pijama que quatro mãos desesperadas se atrapalham em desvestir. Uma aflição, uma ilusão e desilusão enfim de viúva sonâmbula, tantã, tantalizada, de viúva a sonhar sonhos aflitivos, até topar, daí a um instantezinho, acordada, com a crua, fria realidade. E a crua e fria realidade resume-se no morto — tadinho, não faz muito vivinho da silva e bonito! — ali, à beira do sepulcro, no interior do caixão. Bafejado pela brisa dos ciprestes e, à medida que se decompõe, aguardado com sofreguidão pelos vermes. Já pensou, mestre?, os vermes e a terra suja, os vermes famélicos, comilões, obscenos, mais ávidos que todos os urubus do globo, somados aos corvos e às demais aves de rapina. Miríades de vermes devoradores entrando, em asquerosa suruba — que orgia purulenta, ó libertinos do mundo! —, pela boca, pelo ânus, pelos ouvidos, pelas narinas do extinto. Oh! assim que se esgotam os naturais, lá vão eles abrindo milhões de orifícios na carne hedionda e fétida, outrora a revestir um boneco ou boneca que, deslembrados do sopro vital, sua verdadeira essência de luz, hão de jazer como pó no pó, caveira a se desfazer, esqueleto mais desprezível que todas as raízes apodrecidas no chão.

— Que horror e morbidez, meu anjo travestido de ave agourenta. Depois desta, acho que nem vou tocar na caranha assada que pedimos.

— Um brinde ao teu estômago sensível, mestre! Antes, porém, um refresco à memória: "Mais que os excrementos, atirai fora vossos cadáveres". Heráclito. Que recebeu confirmação do Filho de Deus humanado: "Deixai os mortos sepultarem os mortos".

— Cita o episódio do camarada que, pretendendo seguir o Nazareno, pediu licença para, primeiro, enterrar o pai?

— Cito. Porque urge, mestre, desmistificar o corpo, pulverizar o culto da morte, a idolatria da carcaça, a suntuosidade do enterro. Contudo, se preferes, interrompo o relato.

— Não. Avante, enquanto encaro a cabeça desse pacu-manteiga e a delícia do piau-cabeça-gorda que chega. Um pedaço?

— Para cá. Grato.

— Garçom, outra loira suada. Suadíssima. Como aquela.

O cemitério, mestre, formigava de gente. Jamais se viu uma tal quantidade de evas reunidas. Os adões — parceiros legais ou clandestinos, em risível minoria, digamos: um para cada dez mil — continuavam de longe. Olhando. Ressabiados. Preocupados em disfarçar o peso e a vergonha dos chifres. Exceto — claro — o doutor Cordelius Clemente Cordato.

No geral, premeditavam descontar tudo, mais tarde, em casa, descendo a lenha na esposa. Vários optaram pelo pré-tratamento de curar a dor-de-corno a empinar garrafas, enchendo a cara, enquanto ruminavam aforismos de desforra — "Um dia é da caça, outro do caçador" etc. —, a espetar e lançar na boca tira-gostos de lingüiça, nos botecos.

Houve deles que se encaminharam direto pros puteiros, onde encontraram clima mas não clímax para afogar o ganso na canoinha sem remador fixo — e a raiva, na vulgaridade das michelas. Você sabe, mestre, nós sabemos: quando não se enquadra nas espécies catalogadas de corno — corno-ateu, o que é e não acredita; corno-surdo, o que não consegue escutar nada sobre a infidelidade da santa mãe de seus filhinhos; corno-cigano, o que, toda vez que leva chifre, muda de bairro e anuncia aos vizinhos que procede de São Paulo; corno-crente, aquele que, pouco ligando para a blasfêmia dos escarnecedores, sempre crê na fidelidade da mulher; corno manso, corno convencido, corno masoquista, corno platônico e outros, inclusive o que fica amigo do Ricardão que lhe plantou o par de chifres na fronte etc. etc. —, quando não se enquadra nas cento e oito categorias conhecidas de testas enfeitadas, de tempo em tempo calha soar aos ouvidos do chifrudo, percutindo no baixo-ventre, o gongo da broxura. Os psicanalistas de botequim, ignora-se se com o aval dos freudianos formados, ou não, diagnosticam esse mal como complexo de inferioridade decorrente da cornudagem. Se o animal tem vocação, e a doença o pegou em cheio, ou tornou-se crônica, pode até converter-se em catamito, sem rebuço. Um bom sinônimo pra catamito é veado, outro é vinte e quatro, outro é xibungo, outro é maricas, outro é boiola, pederasta, e assim por diante, eu os menciono pra facilitar a vida (vida-leitura) da nova geração, incapaz de costurar meia dúzia de expressões decentes em conversa de gente grande, quanto mais de saber o que em latim significa *catamitus*, má pronúncia aliás do grego *ganimedis*.

Também o que não acontece neste mundo, sobretudo no vasto mundo dos cornos! Batata, mestre: inúmeros dos que, cedo ou tarde, retornaram ao lar-doce-lar e às alcovas profanadas, a adrenalina a ferver, bateram e, com maior freqüência, levaram seus cachações das esposas.

— Mas você não prometeu esquecer esta palavra, companheiro, do tanto que a detesta?

— Que palavra?

— Bolas! *Esposa.*

— Nem chega a ser palavra, mestre, mas palavrão, de tão chula, domesticada e chula — degradante. De qualquer modo, promessa quebrada, já que não posso permanecer o tempo todo repetindo *cara-metade*, a *legítima* etc., mesmo porque a fulana deixou de ser a cara e a metade apodreceu, enquanto a legitimidade foi pro brejo com o adultério, ainda que meramente explicitado no velório. Então, tratando-se dessa gentinha ordinária — o corno e a fulaninha —, desse rebanho humano, igualzinho, quadradinho, mediocrezinho, do qual a infidelidade conjugal, a exemplo do consumismo, não passa de corolário, conseqüência, fiquemos com o que eles — escuta só como falam de boca cheia, mestre: "Minha esposa!", "Meu esposo!" — merecem: a vulgaridade.

Já que a pinta que o galo tem, o pinto nasce com ela, e o que não tem jeito não tem, deixemos a ralé entregue à própria sorte.

— Deixemos.

Soubemos que diversas casas e edifícios quase pegaram fogo, sem omitir os homicidas que lavaram com sangue a honra e os chifres de minotauros. Três desses miseráveis vingaram as chifradas a tiros, apenas na primeira noite após o enterro, peipei, um quarto a faca — peixeira azulzinha de afiada. Afora os que partiram o quengo das quengas com as quais se casaram, e os partiram a golpes de machado, barra de ferro, porrete, a polícia deitou a mão a um jovem chavelhudo que, depois de campanar a infiel durante três dias, a apanhou desprevenida e a estrangulou com cadarços emendados de sapato. Para variar, o moço cabrão cortou as orelhas, o clitóris avantajado, o nariz, os lábios — os da boca de falar e comer, não os grandes lábios vulvares — e dois terços da língua do cadáver. Pior: salgou, secou e queria porque queria guardar tais suvenires de anatomia defunta. Tiraram-lhos na marra e, embora condenado a vinte e três anos de prisão, trombeteava que o seu único arrependimento na vida consistia em não haver pensado num meio seguro de ocultar o macabro butim. Para que fins, não explicou.

Mas dizíamos do cemitério, mestre, que deitava gente por sobre o muro, os eucaliptos e a coifa dos ciprestes. Os mausoléus estavam de não caber um alfinete, a muralha sob ameaça de ruir, a multidão nem sequer deixara um milímetro de espaço para defuntinhos curiosos espiarem de algum buraco das covas. Havia, entre as denominadas minorias, uma porção de moleques. E bichas.

Coberto de paetês e miçangas, podre de chique num vestido copiado da princesa de Gales vista na tevê, por mais que proclamasse aos gritos chamar-se Sandra Regina

— Tão mulher quanto qualquer uma de vocês, queridas. Se quiserem, eu mostro. Tenho perereca cabeluda e lindona, e Biazulmi me saboreou de todas as maneiras,

um pobre travesti, tadinho, viu-se de súbito desmascarado e moído de pancada. Arrancaram-lhe ao final a identidade, e constatou-se que se chamava Narciso Lorico Ganimedes da Silva. Tomando o aspecto de bruxa medieval, a exibir caninos de vampiro, uma magricelinha histérica, metida num shortezinho cor de merda apodrecida, fez-lhe explodir uma caveira empoeirada no rosto. A infortunada boneca ainda teve o supercílio rompido e a cabeça rachada aos golpes de tíbia de defunto mal-sepulto e esquecido. Pagou preço de mercado negro da violência pela afirmação de que Biazulmi em vida prestara assistência à fanchonice, ocupando-lhe os aposentos privados.

Graças aos céus a mulher do dublê de médico e político Cordelius Clemente Cordato, a já aludida e misericordiosa Futilinda dos Prazeres, evitou o linchamento de Sandra Regina-Narciso Lorico Ganimedes da Silva, arrastando ele-ela pelo braço e entregando-o, desmaiado, banhado em sangue e com fraturas expostas, à polícia. Se o gueizinho tinha razão, mestre? Não, nem pensar. Pois embora houvesse sido em vida objeto de desejo para os homossexuais, que o perseguiam com apetite de *paparazzi* correndo atrás da intimidade de beldades e princesas, jamais Biazulmi dera a mínima para eles, desvencilhando-se com galhardia e habilidade dos hermafroditos.

Afora as que não arredaram pé do velório de três noites e três dias, o povo feminino começou a chegar com grande antecedência para o enterro. Mulheres de todas as estaturas, composturas, categorias, incluindo multidão de bbgs — boas, bonitas, gostosas.

— Muitas casadas?

— Mulheres casadas, mestre, nunca se viram tantas reunidas.

Mas àquela altura o campo-santo se convertera também em viveiro de putas. Chegavam uns atrás dos outros regimentos de putas, de donzelas, de titias, cabaçudas ou de xibius bem usadinhos, batalhões de viúvas na acepção plena da palavra, ou distantes da acepção plena da palavra, fêmeas enfim de costumes regrados e costumes levianos, amantes-carpideiras por osmose, por contágio, por delírio ou compulsão de aparecer. E de mocinhas. Mocinhas histéricas, nevróticas, desmioladas, fáceis e difíceis, em número majoritário as fáceis, do tipo dinheiro na mão, calcinha no chão, semelhantes às que hoje rompem cordão de isolamento para beijar astro de tevê ou craque da seleção nacional de futebol, e depois mentem e acreditam na mentira de que foram pra cama com eles.

— Algumas falam a verdade.

— Admito.

Vinham de ônibus, vinham de carro, vinham a pé, o pátio virou um banzé e bazar de bicicletas, motos, automóveis etc., o trânsito na região pegou engarrafamento de três horas e muitíssimos quilômetros, a polícia não teve outro remédio senão pedir reforço em cidades circunvizinhas, um caos, uma bagunça completa, conforme os apontamentos do professor Higino Paleólogo.

Quando a PYW-407, "a emissora do presente ligada no futuro", confirmou a hora do enterro — Cristo, que loucura! Outras rádios haviam entrado desde o início em cadeia com a PYW-407, os jornais abriam manchetes de arrepiar os cabelos, inclusive as farripas de um padre exorcista experimentado, edições extras saíam a toda hora.

Fiel à tradição de informar de viva voz, e com abundância de detalhes, e longe de medir conseqüências, a PYW-407 reforçou a equipe, não faltando os destaques de praxe, veteranos do microfone e das emoções, Cacilda Nogueira, Socorro dos Prazeres e Jô Melodia, sob o comando do *speaker* Fred Moreira. A "emissora do presente ligada no futuro" transmitiu sem parar durante setenta e duas horas, do salão dos funerais e do cemitério. Réquiens, necrológios, entrevistas, desabafos, choro, imprecações, antecedentes de desmaios, informações variadas, crônicas, poemas, preces, músicas, sacras e profanas, e tudo o mais, a alma de Príncipe-Biá-Biazulmi recolheu uma quantidade inverossímil de oferendas, o firmamento toldou-se de nuvem negra, formada do chorrilho de tristeza proveniente dali.

"Atenção, prezados radiouvintes, aqui fala Socorro dos Prazeres, direto do velório, quero dizer, falo de toda a cidade, pois toda a cidade se transformou neste velório — e eis por que este é o velório do século. Daqui a pouco transmitiremos *in loco* do Cemitério Luz da Saudade."

Os comerciais, conquanto longos (alguns) mas postos no ar a largos intervalos, soavam apropriados.

Um deles:

"Funerária Baldeação do Paraíso não substitui mas cumpre a função de braço direito da família enlutada. Prestamos nossos serviços a contragosto, todavia, como esta é a parte que nos coube no destino inexorável, trabalhamos com esmero e competência. Funerária Baldeação do Paraíso reconforta os que ficam e dá àquele ou àquela que se despiu das prisões da carne as honras fúnebres dignas de um filho ou filha de Deus. Embalsamamento, urnas, círios, coroas de flores, cultos, mensagens, documentação indispensável, assistência completa, acompanhamento de primeira e demais providências requeridas no momento crucial. Trinta anos de eficiência e excelência comprovadas. Cuidando do ente querido como um membro da família. Até a sua entrada triunfal na Glória. Prefira a Baldeação do Paraíso, trabalho, comodidade, respeito, conforto, solidariedade na dor."

Um anúncio — aparecia também em profusão nos jornais e na tevê, na tevê ilustrado por defunta charmosa cercada da parentela quase contente, não obstante o negror das roupas e um certo ar de compunção —, um anúncio de arrasar.

— Verdadeira paulada de morte na concorrência! gabavam-se às escondidas os proprietários, ecoando o que sussurravam os marqueteiros da agência de propaganda da gigantesca Baldeação do Paraíso, porventura com pontinha de exagero, mestre, posto continuarem, os outros papa-defuntos, de igual modo prósperos, afazendados e em franca expansão.

— O que comprova a rentabilidade do negócio.

— Bidu! Além do seu aspecto piedoso.

— A Baldeação do Paraíso cuidou sozinha das exéquias de Biazulmi?

— Aí é que o carro pega, mestre.

A princípio, a Baldeação do Paraíso tomou a peito a promoção, mas em seguida viu-se compelida a ceder espaço a outras, maior espaço à Funerária Descanso Eterno, sua principal concorrente no transporte luxuoso desta para a outra vida. Entrementes, formou-se um *pool* de agências credenciadas. Dizem que, para evitar malefícios piores, até o governador e o prefeito, sócio oculto de uma delas, entraram de intermediários na divisão de encargos e de lucros. Mas o máximo dos máximos foi o que fizeram depois, as funerárias: passaram quase dois anos guerreando na mídia, cada qual reivindicando para si a melhor parte do sucesso no chamado enterro do século.

— E a PYW-407, "a emissora do presente ligada no futuro"?

— Também lucrou horrores, com patrocínio e audiência. Paradigma radiofônico da alegria, salvo em momentos de comoção e tragédia como aquele, transformou o evento em algo digno de uma copa do mundo — de futebol, com todas as letras, o gê de gol assíduo a balançar adversárias redes.

Cristo, que banho de transmissão!

Uma cobertura impossível de se imaginar hoje em dia, ainda que em escolha de papa ou eleição de presidente da República, pela tevê. Cada entrevista de arrepiar as pedras, cada *flash* de partir e sangrar até coração de chumbo.

Futilinda dos Prazeres, a encantadora esposa do doutor Cordelius Clemente Cordato, levou uma quantidade incalculável de pessoas aos soluços e ao pranto destemperado, de tão bonito e sentida que falou. Alguém percebeu até mesmo uma gota furtiva de choro capturada, com incrível rapidez, pelo lenço-detetive no olho do maridão. Depois de tal desempenho ficou fora de qualquer dúvida a veracidade do provérbio que reza "Atrás de todo grande homem há sempre uma grande mulher", original, magnífico, assaz de vezes citado por nossos colunistas sociais.

— E a eleição do doutor Cordelius? A de governador.

— Acreditava-se que eram favas contadas, mestre, o homem já podendo encomendar o terno. Da posse.

— A mulher o ajudaria a eleger-se?

— E como, *magister*! Com uma mulher daquelas não pode haver perdedor no mundo.

— E a transmissão? O *show* continua?

— Continua.

Conectados na emissora, os alto-falantes da paróquia fizeram aquele gadão feminino dissolver-se em lágrimas, se se criasse uma nuvem para concentrá-las, elas teriam produzido aguaceiro dos trezentos, um dilúvio pós-Noé.

Nada restou sem registro, até pensamentos foram ao ar, estourando milhares de tímpanos.

Idênticos a urubus em carniça, líderes de bairro, vereadores em perspectiva, políticos em embrião e veteranos homens públicos a princípio começaram a rondar.

Logo-logo improvisavam discursos em comícios-relâmpago e em palanques de caixotes arranjados às pressas, solidários com a dor geral e brutal, a dor descabelada, ruidosa, feminina, de olho nos votos e nas próximas eleições. O mulherio — metade do nosso eleitorado, a caminho da hegemonia — prestou-lhes pouca atenção. Alguns, dada a insistência, e porque se puseram a berrar mais que os outros, foram apeados e postos a correr a golpes de sombrinhas, às vezes de sutiãs, na cara, nas costas, nas partes.

Chusmas de vendedores ambulantes se engalfinhavam em concorrência promíscua, pior que a de praia badalada, no verão. Vendedores avulsos, outros articulados entre si, havia de tudo naquele bazar estapafúrdio: quiosques, latadas, pequenos pavilhões de camelôs repletos de brinquedos, bugigangas, eletrônicas e artesanais, sacras e profanas, rosários, porta-retratos, flores, coroas fúnebres, velas, incensos, perfumes ordinários, carrinhos de picolé, carrinhos de pipoca, churrasco, refrigerantes, o diabo. Camisetas com o coração, o rosto e o nome de Biazulmi, em diagonal e *silk screen*, produção de malharia de fundo de quintal, não deram pras encomendas, o preço a todo instante inflacionado, as últimas disputadas em leilão.

— Por falar em coroas fúnebres —

— Falei em coroas fúnebres, mestre?

— Falou —

centenas e centenas delas atulhavam o salão, outras iam chegando, às dezenas, de montão, à casa paroquial onde o corpo do príncipe lúbrico jazia. Nas faixas pendentes ou fixas coruscavam votos de saudade perpétua, "Sou tua, sempre tua, paixão", cruzes ao lado de corações flechados por Cupido, tantas rubricas, dedicatórias, assinaturas, "Ticiana, vida minha", "Laleska Alessandra, no céu contigo", tantos nomes de fêmeas, de *A* a *Z*, uns estrambóticos, outros comuns, Ana, Flávia, Aimê, Agda, Alana, Andressa, Monique, Jaqueline, Cejane, Gisele, Sheila, Shirley, Brenda, Rayane, Roberta (como dá mulher-dama de codinome Roberta, são Frutuoso!), Kátia, Hélvia, Michelly, Pollyana, Aline e Maria, Maria disto e daquilo, Maria para todos os gostos, marias para satisfazer oitenta e três regimentos de cavalaria e uma pá de divisões de infantaria após prolongada guerra no deserto; Sílvia, Telma, Súzi, Francielly, Mylla, Karine, Lorena, Dayse, Vanda, Jéssica e Fabiany — outro nome-de-guerra bastante sussurrado nas noites bordelescas —, Samara, Gislaine, Aurélia, Zenaide, Ziná, Veronique e Nathalie, um sem-fim de nomes, e quantos apelidos exóticos, são Berenício, cada qual mais estapafúrdio! Os pais de primeiro rebento — as mães em destaque — teriam ali, à mão, e de antemão, vastíssimo dicionário de prenomes para as filhinhas, mais volumoso que cinco ou seis Caldas Aulete. Ainda, nas faixas, cada declaração de amor eterno suscetível de deixar rubro de vergonha e impotência criativa o ás da pieguice em poesia; conforme sabes, mestre, a *Gazeta do Planalto* de quando em quando elege entre nós o Príncipe dos Poetas

— Anacronismo do século XIX ou, no máximo, da *belle époque*, não?

— Sim,

e converte em maiorais autores de certa maçonaria lítero-profana suspeitíssima, conhecida como o Grupo do Troca-Troca — troca elogios etc. —, cujos membros, raquíticos de talento mas modernosos e jeitosinhos, arrimando-se uns aos outros, erigiram a inversão de valores em norma, embaindo Deus e o mundo, inclusive a nossa folha, tão sisuda, pudica e simpática. Então nas coroas pululavam miríades de versos dignos dos vates verdes de imaturidade e descarnados de engenho que infestam o ar de perdigotos e má poesia nos botecos e saraus de minha terra, o que a nossa *Gazeta* tanto adora e estimula. E tome solecismos. Santo Padre Vieira, beato Alexandre Herculano, evangelista Napoleão Mendes de Almeida, que tempestade de solecismos! Vós morreríeis de raiva, se não vos encontrásseis coradinhos de vergonha na antecâmara celestial destinada aos filólogos e estetas, defronte ao trono do Altíssimo! Louvado seja.

Também se liam aqui e ali, mestre, mensagens ora dúbias, ora debochadas, obscenas, em meio àquele mundaréu de inscrições nostálgicas que cercavam o ex-bonzão de cama dentro do pijama de madeira, prontinho a ir adubar o latifúndio da morte e servir de pasto aos vermes.

No interior e fora do salão paroquial, um pagode, uma festa, mestre, sem faltar com o respeito para com o corpo embalsamado e o momento sacrossanto. Festa, portanto, em sentido metafórico, embora alguns gajos, comerciantes sobretudo, a encarassem de maneira literal, portando-se com ganância e despudor. O *pool* de emissoras lideradas pela PYW-407 entremeava as músicas do herói inanimado com trechos mínimos de cantos gregorianos e do *Réquiem de Manzoni*, de Verdi, com furos de reportagem e entrevistas, tudo de dilacerar coração e chamar lágrimas aos olhos, não excluindo os das figuras de cera.

— Que músicas Biazulmi preferia?

Na maioria, tango, bolero, samba, samba-canção, valsa, balada, melodias evocadoras de saudade seresteira, uma que outra guarânia — repertório sobremodo eclético e, acima de tudo, romântico.

Anunciava-as a voz potente, grave e redonda do *speaker* Fred Moreira, cuja criatividade bolou no ato uma espécie de miniprograma tipo auditório, intitulado *Sessão Nostalgia, Biazulmi encanta suas fãs*, repetido a cada quinze minutos.

Céus, que efeito a audição produzia! Um efeito atordoante, um efeito eletrizante — um efeito de matar. Já de si unida no pranto, e úmida por todos os poros, com a *Sessão Nostalgia*,

Biazulmi encanta suas fãs, aí sim é que a mulherada desmanchou-se em berreiro e secreção, as partes encharcadas, o alarido estremecendo a abóbada celeste, os corações — tuntum, dundundum — ameaçando sair pela boca. E tome *Solamente una vez* (*Solamente una vez amé en la vida,/Solamente una vez ¡y nada más!*), e tome *Perfídia*, *La barca* (*Dicen que la distancia es el olvido/Pero yo no concibo esta razón/Porque yo seguiré siendo el cautivo/De los caprichos de tu corazón*), e tome Carlos Gardel e Alfredo le Pera e *El día que me quieras*, e tome *Aquellos ojos verdes*, e tome *Vem chegando a madrugada* (*ô/O sereno vem caindo/Cai, cai, sereno, devagar/O meu amor está dormindo*), e tome *Serenô*, *Que beijinho doce* (*Que ela tem/Depois que beijei ela/Nunca mais beijei ninguém*), e tome *Que queres tu de mim* (*Se tudo está perdido, amor*), e *Aquarela do Brasil* (*Meu mulato inzoneiro/Vou cantar-te nos meus versos (...)/Deixa cantar de novo o trovador/À merencória luz da lua/Toda canção do meu amor/Quero ver essa dona caminhando/Pelos salões arrastando/O seu vestido rendado/Brasil/Brasil/Pra mim/Pra mim*), e tome *As pastorinhas* (*Linda pastora/Morena da cor de Madalena*), e de Dolores Duran tome *A noite do meu bem* (*Hoje eu quero a rosa mais linda que houver/E a primeira estrela que vier/Para enfeitar a noite do meu bem*), e tome *Normalista* (*Vestida de azul e branco/Trazendo um sorriso franco/Num rostinho encantador/Minha linda normalista/Rapidamente conquista/Meu coração sem amoooor*), e *A volta do boêmio* (*Acontece que a mulher que floriu meu caminho/De ternura, meiguice e carinho/Sendo a vida do meu coração/Compreendeu/E abraçou-me dizendo a sorrir:/— Meu amor, você pode partir/Não esqueça o seu violão./Vá rever/Os seus rios, seus montes, cascatas/Vá sonhar em novas serenatas/*

E abraçar seus amigos leais./Vá embora/Pois me resta o consolo e a alegria/De saber que depois da boemia/É de mim que você gosta mais).

Fred anunciava as melodias no mesmo tom choroso, meloso e dúbio, contudo convincente, loucamente convincente, além de apaixonante, de sorte que, se estridulavam em voz feminina, ele fazia crer que a voz pertencia a cada uma e a todas as presentes; se se tratava de homem cantando, ora-ora, insinuava que o pintassilgo vinha a ser o próprio Príncipe Biazulmi, "o melhor entre os melhores seresteiros do Brasil". Entretanto, para acabar com toda a dúvida restante, bah!

tirou a carta da manga. Anunciou:

— Agora, adoráveis e adoradas radiouvintes, um mimo para vocês, um mimo caído do céu, um mimo fenomenal: vou rodar uma fita inteira de músicas gravadas por Biazulmi.

Esperou um pouco, gozando o estrugir das palmas, o reboar dos gritos e no meio do mar humano vários naufrágios em forma de desmaio.

— Músicas gravadas pelo morto?

— Enquanto vivo, mestre, e em plena forma — Fred garantiu. — Esta fita saiu do baú do tempo — revelou. — Cada melodia — inédita, juro e rejuro — vale ouro, e as maiores gravadoras darão uma fortuna por ela. Tem porém um duro freio: não a vendemos — pertence a vocês. Biazulmi dedicou-a a você, querida, que nos ouve e que tanto o amou, o ama e amará.

Mestre, já pensou! Ouça só:

Voz de Fred (anunciando): — E agora, desta fita sensacional, gravada há dois anos pela voz aveludada, inigualável, profissional e inimitável do pranteado — aaaaa-go-ra Biá-Biazulmi, o

Príncipe, canta *Boneca cobiçada* — e a *Boneca cobiçada*, quem é? Você, minha flor!

Mestre, Vanessa, Vanusa e o mano Josenildo, ambíguos, atestaram-lhe a autenticidade, mas podia até ser uma fraude, farsa ou montagem — que importa! —, naquele instante, mais potente e bonita que a de Nelson Gonçalves, Orlando Silva, Chico Alves ou qualquer outro canário famosíssimo, soava a voz de Biá-Príncipe-Biazulmi. Milhares de corações se despedaçaram nas ruas e praças adjacentes, e também no interior da província e em várias localidades do país alcançadas pelas ondas médias e curtas da PYW-407 e por dezenas de emissoras coligadas. Mestre, que delírio, que convulsão, que loucura, quando a voz do que jazia no caixão

— Bis! Bis!

repetidas vezes cantou: *Boneca cobiçada, das noites de sereno,/Teu corpo não tem dono, teus lábios têm veneno./Se queres que eu sofra, é grande o teu engano/Pois olha nos meus olhos, vê que não estou chorando.* E Fred — que exagerado, mestre! — jurou de novo (e até corroborou o juramento solene com depoimentos de dúzia e meia delas) que as mulheres presentes e mais próximas, fitando o rosto do cadáver, viram o que ele testemunhara: no momento em que trinou *vê que não estou chorando* os olhos do galã no esquife se abriram enxutíssimos, e Biazulmi sorria.

— E você acredita?

— Que jeito, *mon prof*, se todo mundo acreditou, e mestre Higino Paleólogo o registrou com simpatia, embora arrolasse tímida observação de que aquilo não passara de psicose coletiva.

— As músicas preferidas de Biazulmi pararam em *Boneca cobiçada*?

— Nem por sombra, mestre. Já disse que a *Sessão Nostalgia, Biazulmi encanta suas fãs*, agora alterada para *Sessão Nostalgia, Biazulmi canta e encanta suas fãs*, levada ao ar a cada quarto de hora, apenas cessou ao término dos três dias e três noites de transmissão ininterrupta do velório e sepultamento.

— Bisaram também outras músicas?

— Todas.

— Afora o irmão e as irmãs, apareceram outros da família?

— Vários. Primos então nem se fala. Menos a mulher com a qual, segundo os rumores, Biazulmi se casara.

— De que e como chegaram os parentes do defunto bonitão?

— Providenciou-se a vinda deles por táxi aéreo, pois quase todos residiam a mais de mil quilômetros de distância.

— Quem arcou com as despesas?

— Um enigma, mestre. Entretanto, dinheiro não faltava, e tampouco organização. Uma organização insólita mas com objetivo definido: cuidar dos funerais e do posterior culto à personalidade de Biá-Biazulmi, o Príncipe. Aliás, do topo de sua autoridade, o professor Higino Paleólogo menciona, embora omitindo documentos e fontes, a constituição de secreto e feminino comitê fúnebre de alto nível, subdividido em comissões, a principal a de finanças. Que continuou a angariar fundos, decorridos meses e anos da morte do galã. Os estipêndios, donativos ou o que seja mantiveram centenas de fãs-clubes, dotados de diretorias e sedes próprias, num sem-número de cidades do Brasil.

— Rapaz, dinheiro e mulher bonita governam, com todo o rigor, o mundo.

— Não, mestre, à primeira vista o mundo, o baixo mundo dos instintos, é governado por Mamon, o deus do dinheiro. O resto — até mulher feia ou bonita, não excluindo os homens — ele compra.

— As feias entram de lambujem, primo. Por conta dos trocados.

— Dos *tocados*, mestre?

— Não, seu ouvido é que troca os vocábulos, e não creio que você já esteja meio tocado. Afinal, inexistem nestas praias, e além destas praias, dois esponjas tão bons como nós.

— É, mestre, mas o boldo e o fato de forrarmos o estômago ajudam um bocado.

— Esse peixe, por exemplo, que bênção para o fígado! O pirão, melhor ainda.

— Tão bom que você se esqueceu das mulheres feias.

— Há sempre um bebum que as transmuta em beldades.

— Certo.

— "Na natureza nada se perde, tudo se aproveita." Lavoisier. "Não há feiúra sem sua graça nem festa sem cachaça." Simão de Caruaru.

— Citação incompleta e erradíssima, mestre.

— Qual? A de Simão de Caruaru?

— Não. Lavoisier.

— Dissolva na amnésia o que eu disse, xará. Pois estou morto por saber como se comportaram os parentes. Os íntimos, fique entendido.

— Te conto.

— Escuto.

Josenildo deitou falação, porém Vanessa e Vanusa, de tão requisitadas, superaram-no nas entrevistas. Exibiram os rostos sorridentes e lindíssimos nos jornais, embora por dentro estivessem roxas de tristeza. Sobre elas choveram juras de amor e mil propostas de casamento, a maioria em telefonemas dados às rádios, sonoplastizados pela PYW-407, "a emissora do presente ligada no futuro".

Fotógrafos faturaram os tubos. Aliás, quem não faturou? A bem dizer, para confirmar o rifão de que não há dois altos sem uma baixa, apenas se viram em desvantagem os detetives particulares, peritos em documentar infidelidade de mulheres, uma vez que naquele tempo adultério funcionava maciço, inteirinho contra elas.

— Por que os malditos secretas ficaram na mão?

— Ora, mestre, porque a loucura travestida de amor pelo defunto libidinoso colocou sob holofotes todos os chifres e frontes coroadas, convertendo adúlteras em heroínas. Em conseqüência, a clientela dos arapongas mixou a tal ponto que parte deles mudou de profissão, ao passo que os mais persistentes e imaginosos viriam introduzir entre nós a moderna espionagem política, intensificada e sofisticada até o inconcebível desde a assunção da ditadura de generais revezando-se no poder.

— Mas você sublinhava que os fotógrafos e troca-tintas lavaram a égua, faturando um dinheirão.

— Exato.

Com ênfase para os especialistas em instantâneos e binóculos, mestre. Os demais também, inclusive a plêiade de pintores-retratistas, geniais não obstante anônimos. Esses jamais trabalharam tanto na vida, desenhando ao vivo belas modelos, às vezes *fabricando-as*, pois se a natureza se mostrara madrasta com esta ou aquela, a arte deles compensava tal avareza. Eis que saltavam dos pincéis para a tela magníficas, um bom número em pose de cocotinha ao lado do galã cuja alma batera asas pro outro mundo e cujo corpo velavam na casa paroquial. A habilidade dos nossos retratistas lembrava *en passant* a dos *pinturistas*, ou pintores para turistas, na Place du Tertre, em Montmartre, no auge da alta temporada, quando Paris se vê sufocada de estrangeiros.

Dois desses desconhecidos candidatos a Velásquez reproduziam a carvão rostos femininos a meio caminho entre o choro e o sorriso, postados, ou melhor, trepados, os pintores, um de cada lado, numa espécie de escada, nas proximidades do caixão.

Somente assim conseguiam incluir o cadáver no retrato, às vezes em parte, às vezes por inteiro, às vezes apenas o rosto, acrescentando a cobertura quase de *chantilly* das rosas, dependendo do gosto da cliente.

Pelo privilégio, a dupla pagou uma bolada, dinheiro limpo e vivo, a certa dona de luto, distinta e tesoureira de um vago comitê de emergência.

Todavia, no geral, cavaletes armados e máquinas espocando *flashes*, os lambe-lambes e coloristas de araque trabalhavam na rua. Para cumprir bem seu mister, desencavaram sabe Deus de onde fotos do galã em vida — o galã dançando, o galã cercado de fãs, o galã dando autógrafos, o galã beijando, o galã sendo beijado, o galã mandando com os lábios e com as mãos beijinhos voadores e tchaus-tchaus que mímicos diziam “A qualquer hora nos veremos, santinha”.

Venderam milhares e milhares de fotos, desenhos e reproduções de tons variegados. Um vivaldino faturou uma nota preta com o pôster em que o galã me saía à Clark Gable de ...*E o vento levou*, de sorriso alvo-brilhante e ainda por cima mostrando um peito cabeludo e um crucifixo dele pendente. Logo a *Gazeta do Planalto* replicou com outro pôster ousado, de charme e apelo indescritíveis: o galã só de cuecas, na postura de perfeito *latin lover* exibindo seus atributos. Ao cair da tarde o mulherio já disputava o pasquim no câmbio negro e no tapa.

Um repórter tirado a Nelson Rodrigues fez o maior sucesso publicando na prestigiosa e ultracitada *Gazeta do Planalto* um folhetim piegas até não poder mais, comovente como *A dama das camélias*. Uma *Dama das camélias* repleta de personagens e mortes invertidas, diferentes, mais intensa. Nele pululavam várias Margaridas Gautier, constelação de mulheres de idades e linhagens variadas, todas cumprindo vocação única, impostergável — o amor. O amor físico, fique bem esclarecido. Que, aliás, não é amor. Todas gravitando em torno de um amante trezentas mil vezes mais sedutor e *charmant* do que Armando Duval, tanto que, mesmo morto, continuava como o ai-jesus das preciosas.

Nome do herói?

Seria até dispensável, por tautológico e redundante, mencioná-lo, mestre: Biá-Príncipe-Biazulmi. Título do folhetim escrito às pressas, de maneira febril, e logo adaptado ao radioteatro, numa novela que fez metade do Brasil cair no choro: *Don Juan ainda suspira por elas*. Alguns capítulos: *Biazulmi voltou de além-túmulo e abraçou Almenara em carne e osso; Pais juram ter visto parede abrir-se e Biazulmi entrar no quarto da filha à meia-*

noite em ponto; Virgem está grávida do herói ressuscitado; O amor tem o dom de trazer os mortos de volta. Etc. Inacreditável. Inacreditável mas verdadeiro. Não percam o nosso próximo capítulo.

CAPÍTULO XVI

DO MOMENTO EM QUE O FÉRETRO BAIXA À SEPULTURA, COM PROFUSO REGISTRO DE CENAS DE DELÍRIO PESSOAL E COLETIVO, TÃO PUNGENTES, CRUAS E INCRÍVEIS QUE O AUTOR — UM TANTO PRECIPITADO — INTERROMPERÁ A COMPOSIÇÃO DESTE RESUMO INTRODUTÓRIO, DEIXANDO AO LEITOR A MISSÃO E COMOÇÃO DE ABRIR POR SI MESMO CAMINHO ATRAVÉS DAS PÁGINAS QUE SE SEGUEM, AS QUAIS CONTÊM OUTRAS NÃO MENOS TERRIFICANTES SURPRESAS. NEM ELVIS PRESLEY NEM GETÚLIO VARGAS TIVERAM ENTERRO DE TAL MAGNIFICÊNCIA. PELÉ TAMPOUCO O TERÁ. O MAUSOLÉU É EM MINIATURA UM IMPERIAL, SUNTUOSO PALÁCIO QUE, PARA CÚMULO E ACÚMULO DE DESGRAÇA — BUM! BUMBA! ARREDA, GENTE! —, IMPLODIRÁ, CONFORME CONSTA DO EPÍLOGO

Tão logo o caixão com os restos de Biazulmi desceu os sete palmos, a polícia interveio, a princípio eficiente, do contrário muita fêmea teria embarcado com ele. Algumas se agarravam quais lagartixas ao esquife, outras se atiravam de ponta-cabeça dentro da sepultura. A PYW-407, "a emissora do presente ligada no futuro", descreveu tudo, tintim por tintim, lágrima por lágrima, suspiro por suspiro, dando nome às vacas, ou melhor, aos bois, que essa sim é a expressão idiomática correta — embora o gado chorão ali fosse todo feminino.

Quando o padre Vândalo Rabiosque Panaro Rabadilha —

— Peraí. Não apareceram outros religiosos no enterro?

— Uma pá. Porém figurantes —

quando o padre tentou talvez pela penúltima vez abençoar o falecido a golpes de hissope, rápida que nem raio, uma mulher chamada Cibele conseguiu abrir caminho na mata humana compacta. Seguida duma louraça oxigenada e duma baixinha bunduda, quis apossar-se do ataúde.

— Morro. Morro. Não me toquem, vou pro céu com o benzão!

gritou a nanica de traseiro arrebitado e malcontido em minúsculo shortinho amarelo-canário.

E se atirou sobre o cadáver, beijando-o na boca, espojando-se nele. Esbracejou nas flores como se nadasse, espalhando rosas a esmo, chuva de pétalas. De repente, vipt-vapt! pôs-se frenética a desabotoar a calça do casanova fora de combate. No começo, atrapalhou-se, posto lidar com braguilha à antiga, de botão, e não dessas de zíper que a preguiça e o automatismo moderno inventaram. Na azáfama, fuque-fuque, de engaiolar passarinho e passarinha — o passarinho do gato morto, necrocopulado, e a passarinha de gata viva, pinel, necrocopuladora —, ela sem laivos de dúvida experimentava o clímax da conjunção carnal.

Apesar do desconforto, apesar dos solavancos, apesar dos salpicos de barro, apesar do peitilho da camisa amarrotado, apesar dos botões do paletó de casimira arrancados no frenesi da louca, apesar dos chupões e mordidas no pescoço, apesar de alguma possível alteração química no corpo embalsamado —

Biazulmi não se moveu. Ao que tudo indica acostumado com tais demasias (houve outras, documentadas, no decurso dos funerais), Biazulmi não ligou a mínima para o ataque da pigméia, embora o vozeirão do *speaker* Fred Moreira, fazendo força por parecer compungido, tenha saído com esta pérola de sofisma: "Senhoras e senhores, o dever de bem informar, apenas contido pelo respeito que devotamos às famílias, obriga-nos a mencionar que o rosto do sr. Biá-Príncipe-Biazulmi nos aparece de novo aberto num sorriso. A polícia desistiu, não há mais cordão de isolamento. Estamos a três passos da cena patética, que não descreveremos em detalhes, porque a PYW-407 é também e em sumo grau a emissora da religião e da família. Pensem em necrofilia, e terão uma idéia do que se passa por aqui. Se alguém ignora o que isto significa e não pode correr ao dicionário, lembre-se de que alguns biógrafos insinuam que o poeta Olavo Bilac era necrófilo". Ninguém conseguiu explicar por que diabo Fred Moreira lançara mão de arrivismo póstumo para injuriar o parnasiano de *Virgens mortas*, que ele declamou no ato, e ainda por cima vindo, no final, com a alusão pouco sutil: "Pois é", disse Fred, "nessa matéria nada nos espanta, já que a história registra um número astronômico de gente famosa com inclinação sexual mórbida por defuntos. Então, num momento de comoção e de quase — ou talvez verdadeiro — frenesi coletivo como este, há que se perdoar a pobre senhora ali, seu nome é Bianca".

Aí todos ficaram ao corrente de que a baixinha bunduda a se contorcer sobre os preciosos despojos de Príncipe-Biazulmi chamava-se Bianca, e a bem dizer não era de se jogar fora: seios firmes, duas soberbas peras róseas empinadinhas, apontando para o alto, boca carnuda, um bumbum de fazer a estátua do presidente Kubitscheck, o peixe vivo e pé-de-valsa de Diamantina, dançar no pedestal, rosto núbil e lindo de ninfeta, uma cintura, ó sr. Priapo, tão delgadinha, corpo torneado como um cálice, e entre as coxas aquela moitinha crespa — e que moita! Mestre, pela descrição do augusto lente Paleólogo, os grandes lábios de Bianca se abriam e se fechavam na forquilha da virilha, latejando, querendo pecar, porém em completo estado de inocência. Sim, mestre, de tanto saracotear e se esfregar no cadáver, Bianca se desfizera de qualquer vestígio de roupa, inclusive da calcinha, apresentando de graça à platéia a dádiva daquela rosinha suculenta e cabeluda — uma coisa de se exibir no Cine Olímpia.

Quando parecia que ela ia dissolver-se no céu do gozo, Cibele e a outra amiga, a superloira falsificada, a um só tempo entraram em ação, com ímpeto de duas *ladies* Macbeth enfurecidas:

— Cachorra, ele não é teu!

ninguém percebeu qual delas rugiu, mas houve um oh-oh de misericórdia e espanto à medida que uma das adversárias levantava a baixotinha nuinha e de traseiro grande pelos cabelos.

Aí foi aquele tendepá entre a loiruda oxigenada, Cibele e a pequenina contudo valente Bianca. Num rufo as duas primeiras puseram-se a ostentar seus encantos, *in natura*, peladonas, e

— Me larga, porca!

— Pereba!

— Marafona!

— Jararaca!

— Jabiraca!

— Defunta que não soube se enterrar!

a baixinha acertou um cotovelaço tão forte na boca do estômago de Cibele que súbito se sentiu compensada do orgasmo interrompido; desatou numa gargalhada e ainda reuniu forças para colocar a falsa loura igualmente em nocaute.

Ao cabo desse espetáculo de luta livre informal, outro sururu pipocou.

Por contágio, uma crioulona também bunduda e balangando tetas enormes livrou-se das roupas e queria porque queria espojar-se no falecido. Pelo visto e pelos gestos — posição e disposição —, pretendia consumar um sessenta-e-nove com ele. Trepada num mausoléu contíguo, outra loira — uma loira cabeça-de-vento e formato de violão — realizou completo e dir-se-ia impecável *striptease*, performance igual não alcançariam nem as profissionais de La Niña, a refinada e caríssima casa de espetáculos a oferecer as mais finas garotas de programa, *stripteasers* curvilíneas e emblemáticas, capazes de contorcionismos de cobra fugindo ao fogo.

Tão fenomenal se mostrou no remelexo das ancas e do corpo, como se dele extraísse música, que certo olheiro ali escondido logo-logo a recomendou, e ela hoje dubla, rebola e tira com requinte artístico a roupa para uma chiquérrima boate de São Paulo, aparecendo na tevê, coroada com o título de a *stripteaser* número um do Brasil.

Curioso é que cada peça do vestuário, sacada com lentidão rebolativa da anatomia e atirada com donaire, embora meio a esmo, atingia um alvo que ela em momento algum errava: o interior do caixão, àquela altura ainda destampado.

No instante em que a jovem liberou o sutiã e após movimentos giratórios gráceis do indicador fê-lo pousar estendido no peito do defunto, estabeleceu tamanha empatia com a platéia que, apesar da impropriedade do local e da hora, e dos sentimentos em jogo, muita gente aplaudiu. E tcham, tcham, tcham-tcham—tatara-tcham, tranchã —

assim que se livrou da peia de cetim que era a tanguinha rendada e minúscula, e a beijou, e a regirou no dedo em elipses e volteios sincronizados com os requebros, e afinal num impulso inesperado a encaixou no rosto de Biazulmi, os corações próximos pararam de bater por uns segundos, reverenciando a certeira pontaria.

Entretanto, quando, sem interromper a dança frenética, a moça desceu do pedestal funéreo, vestida tão-só com a cútis e os encantos com que nascera, e veio rebolando num compasso que obrigava a massa espessa a abrir-lhe caminho, e num frenesi à cabeceira do esquife agachou-se para esfregar a laurinha na boca do finado — aí, mestre, a coisa mudou de figura: as que se arvoravam em líderes do mulherio berraram em uníssono

— Chega!

Repetindo o tratamento dispensado à crioulona e às outras, conduziram-na para longe da urna funerária, aconselhando-a a se cobrir com decência, o que nas circunstâncias significava disfarçar a nudez com o xale que às pressas arranjaram para ela.

Registraram-se outros episódios semelhantes, embora nenhum igual ao das mulheres que, também despidas em toda extensão da geografia corporal, atiraram-se em vôo cego dentro da sepultura, assim que o caixão se acomodou no fundo. Debruçadas, coladas nele, imploravam aos coveiros que jogassem terra, que as sepultassem em vida, junto com os restos mortais de Príncipe-Biazulmi. Foi necessário o emprego de persuasão à força a fim de içá-las à superfície, a maioria mostrando escoriações generalizadas e algumas em estado tão deplorável que se viram conduzidas às unidades de terapia intensiva dos hospitais.

Tais cenas, mestre, não produziram tanto choque na hora do sepultamento, visto serem reprodução de outras, até piores, ocorridas durante o velório, na casa paroquial. Lá, sim, consumaram-se lances inenarráveis, inclusive de necrofilia coletiva, sem olvidar que uma dona, por sinal um avião, tentou cortar a navalha, para guardar de lembrança

— Meu troféu de mil batalhas! — ela dizia, talvez mentindo,

o instrumento de trabalho, a estrovenga agora inútil de Biá-Príncipe-Biazulmi. A custo impediram-na de castrar o morto, mas em compensação ela logrou arrancar-lhe do dedo um anel e transferi-lo para o seu, ao passo que outras tiveram de se contentar com recordos mais chinfrins: fios de cabelo, um fiapo de gravata, o cadarço do sapato, o cotoco de vela mortuário, um naco de cetim do forro ou rosa surripiada do caixão do sedutor.

Difícil senão impossível mencionar, mestre, sobretudo agora, o que na rua rolou. Nem presidente da República que adormeceu para sempre no cargo, nem astro de futebol, ninguém merecera ou obtivera enterro tão fenomenal. Ou obterá. Nem Pelé quando bater com o rabo na cerca, e que Deus conserve e dê vida longa ao rei dos estádios. Nem Elvis Presley, mestre, conseguiu funeral parecido, a se crer na informação de Socorro dos Prazeres, a vibrante locutora da PYW-407, e olha que Socorro conhece tudo de Elvis, porque além de visitar os *States* presidiu um fã-clube do famoso roqueiro americano. Tá certo que Getúlio Vargas, o rechonchudinho Gegê, que os sectários ainda reputam de grande, atraiu enorme multidão ao Catete; contudo, eram simples pessoas contritas e silenciosas desfilando ante o féretro do presidente suicida. Biá-Biazulmi, em lugar do Gegê; teria provocado convulsão social, virando o país pelo avesso, em guerra civil ou intestina. Quantas mortes não se registrariam mestre! — calcule.

— Infinidade.

Sem esquecer desquites, punhaladas, tapas na cara, as ruas atulhadas de messalinas correndo e se agredindo a granel, os maridos, em peso os da confraria, assustados e caçados feito ratos, nos esgotos. Do Oiapoque ao Chuí. E, ocorresse hoje a morte, a tevê não trepidaria em promover o Príncipe a herói nacional, pois seria espetáculo para se mostrar ao mundo via satélite, uma propaganda e tanto para o Brasil.

— Que bom, hein? A Europa se curvando mais uma vez diante de nós, conforme os patriotas verde-amarelos proclamam.

— Não apenas a Europa, mestre, mas todo o universo, de acordo com os conceitos da Escola Superior de Guerra.

— Já pensou, rapaz, em que altura nos encontramos!

— E ninguém desconfia.

Deu pra sentir, né, mestre, que, caso se aventurasse na política, Biazulmi teria sido imbatível. O mulherame o elegeria quantas vezes ele quisesse, até para o Palácio do Planalto. Por conseguinte, se lhe desse na telha, poderia estabelecer a ditadura com respaldo nas baionetas e nas saias.

— Nas baionetas?

— Nas baionetas, sim, mestre. Qual general resistiria à ordem-unida na cama? E ainda por cima ao alarido das ruas?

A direita, ou o que chamam de direita, boiaria em estado de felicidade beatífica, trazendo consigo alguns liberais.

— E a esquerda, hein?

— Talvez se metesse no mesmo balaio. Mas sinto que desvirtuo o assunto e denigro o herói ao formular conjecturas inverossímeis e sujas. Mil desculpas, mestre, peço-lhe mil desculpas ou mais.

— Ok. Desculpado. Contudo, estávamos no cemitério.

— Por favor, mestre, não pense que aquele foi um sepultamento necrófilo ou — em acepção pobre — licencioso.

— O que mais se via e ouvia?

Gritos. Desmaios. Heresias e imprecações atiradas contra Deus e as potências infernais. Mas também orações fervorosas, em voz alta e em silêncio, terços lançados à bruta ou depositados com carinho e mãos macias sobre o peito, a imagem do Crucificado adornando a testa e o coração do defunto, que no minuto seguinte via-se despojado destas e outras dádivas, sacras e profanas. Visualize, mestre, o espetáculo voador, quase um escândalo, das calcinhas molhadas na suruba do delírio macabro, patrocinado pelo exército de mulheres a cada momento engrossado por novos pelotões e regimentos. De mulheres feias, mulheres belas, mulheres jovens, coroas, casadas, descasadas e ambíguas, castas, promíscuas, fantasistas ou débeis no mentir e no agir, ímpias e pudicas, mulheres bem-usadas e ninfas zero-quilômetro, classe média e ricas, pobres (de dinheiro e de espírito), parece que havia mais mulheres bonitas do que o oposto, a tristeza, tal qual sua irmã alegria, dá outro colorido à beleza.

Entrementes, foi um milagre — e o professor Higino Paleólogo o refere em cores vivas — aquilo não degenerar em tragédia. Tragédia tipo passagem de furacão, abalo sísmico ou golpe de Estado, à Pinochet, à la milicos, brasileiros, chilenos ou portenhos. Além disso, não ficou claro o que terá impedido várias daquelas pecadoras inocentes de irem dormir o sono eterno ao lado do objeto de sua adoração, a não ser a mão de Deus. Pois a polícia, impotente, havia muito desistira.

Todavia, mestre, com o corpo do libertino os vermes e a terra receberam uma fortuna, em jóias, cordões de ouro, brilhantes, alianças, colares, tiaras, pulseiras e outras lembranças das fãs, atiradas ao féretro, não mencionando, por perecíveis e baratos, calcinhas, sutiãs e demais peças de vestuário.

Acatando sugestão, vá o diabo adivinhar de quem, os coveiros aumentaram as dimensões da cova. Mestre Paleólogo conjecturou que as preciosidades votivas — pérolas, diamantes, ouro e outras jóias — poderiam até não cobrir a dívida nacional, porém aliviariam um bocado a pressão dos credores internacionais. De tal sorte que, temendo a cobiça de ladrões e profanadores, sem excluir as profanadoras acionadas por neurônios de fantasia e contraturas abaixo do umbigo, a polícia durante muito tempo se viu compelida a manter vigilância constante sobre o sítio em que depositaram o galã.

— Era bonito, o jazigo?

— Mestre, um palácio, e que palácio!, miniatural, é verdade.

Destarte puseram Biá-Príncipe-Biazulmi a descansar dos furores e esplendores deste mundo no maior, mais belo, rico e feérico mausoléu de nosso campo-santo, tão luxuoso que se diria que lá dentro habitava algum rei da Babilônia. Até onde alcançou o conhecimento geral, avalizado por Higino Paleólogo, nenhum outro homem que admirássemos viveu sua morte assim, iluminado de velas, dia e noite, cercado de tamanha multidão de saias, rezando, sobretudo na data de Finados, em torno do palacetezinho de que cuidavam — lavado, encerado, polido — com devotamento e esmero; o serviço de manutenção, enquanto durou, deve ter consumido uma fortuna.

— Custou caro sua construção?

— Milhões, mestre.

— Desembolsados por quem?

— Com certeza, por mulheres.

A Funerária Baldeação do Paraíso, coadjuvada pelas concorrentes, guarda a sete chaves o segredo, a identidade das pessoas que custearam esse encanto de mansão funérea. Que tanto pode ter sido fruto de subscrição subterrânea — os nossos serviços de morte por ora se mostram bem mais organizados que os destinados à vida, *remember* médicos e hospitais —, como resultado do desembolso de misteriosa colunável milionária e grã-fina.

— Igual à esposinha do cirurgião-político?

— Tal qual.

Enfim, idêntica àquelas que gozam eterna adoração dos maridos e elogios bilíngües nas colunas sociais. Sussurrou-se que o projeto saiu das mãos de Oscar Niemeyer.

— Espia só, mestre: Hécuba-Valquíria nos olha.

— Garçom, outra cerveja.

— Estupidamente gelada.

Epílogo

Decorridos tantos anos, salvo o relato que ora se completa, não resta o menor vestígio de memória destes acontecimentos. Vertical e horizontalmente, verificou-se crescimento vertiginoso e, em conseqüência, uma mudança tão radical que, afora o nome, a cidade virou outra.

A nova invasão dos hunos, comandada pelo Átila do progresso, da cibernética e do dinheiro, primeiro transformou em terra arrasada o antigo cemitério, no qual se destacava o aristocrático e bem-cuidado palacete fúnebre de Biá-Biazulmi, o Príncipe. Depois, num abrir e fechar de olhos, os hunos ergueram nesse antigo sítio sacro uma réplica de Wall Street e outras ruas de Manhattan, feéricas de luzes, alegres de boates, regurgitantes de gente e vida urbana agitadíssima. Talvez para compensar, e tentar manter sob controle, os muquifos e favelas brotados na periferia.

De modo que, no exato lugar em que ficava o rico mausoléu do dândi, hoje homens e mulheres se atropelam, numa aflição de pensamentos e dedos, repassando papel-moeda, o coração disparado, os olhos fixos no *placard* da cotação do dólar; é que ali se situa o nativo prédio-sede, estilo *art déco,* do Banco de Boston. Assim, da invasão das hordas hunas a esta data, seja um

Casmurro precedido do *Dom* irônico, seja um zé-qualquer sem fumos de fidalgo, os mortos se deixam transportar de bom grado a quilômetros de distância, direção norte e inóspita da cidade, aonde vão estudar a geologia dos campos-santos; os quais são três, longínquos, enfileirados: quase uma universidade.

Porém, no tempo em que os esqueletos pioneiros descansavam na sua ainda intacta cidade dos pés juntos, livres das escavadeiras, pás-carregadeiras e guindastes dos hunos, o miniatural palácio da morte de Biá-Príncipe-Biazulmi explodiu num relâmpago, como se dentro dele tivessem estourado trinta mil bananas de dinamite. Foi numa tarde quente de agosto. Durante três dias o ar ficou empestado e o céu toldou-se de nuvem plúmbea, o cheiro de enxofre, casado a outras substâncias, matando até os urubus em seus vôos circulares. Na explosão, oito guardas e três crianças receberam passaportes para os mundos imaginários e teológicos de Dante. Seguiram-se em profusão exorcismos, rezas, correntes de fé, promessas, responsos, medo, correria, mesmo os cães fugiam ganindo, danados, da área. Correram céleres novas de fechamento de fãs-clubes biazulmínicos em todo o Brasil, acrescidas de outras sobre loucuras repentinas e vários suicídios de mulheres. Como vivíamos a segunda e recrudescida fase da ditadura *milicar*, com torturas, prisões, censura e mortes em escala sem precedentes, a imprensa viu-se proibida de registrar o fenômeno à socapa batizado de a "maldição de B".

Concomitantemente, no caderno de anúncios da *Gazeta do Planalto*, seção "Diversos/Religião", publicou-se, dentro de um quadrilátero pontilhado de pequenas cruzes simétricas, o texto que se lerá a seguir, algo hermético e um tanto inopinado:

"A Liga das Adoradoras de B.-P.-Bzmi. comunica às interessadas a extinção da sociedade e de tudo o que ela miseravelmente possa ter representado em todo o território nacional. Orai por nós e, a seu talante, pela alma do impostor, objeto de nigromancia que em vida passou por um daqueles da antiga raça de Don Juan, a quem — consoante referiram alhures — Deus não deu o mundo, embora o diabo entendesse que lho houvesse dado, a fim de produzir delírios, loucura, pesadelos, dor, devassidão. Respeitadas as pias manifestações individuais, ao alvedrio cristão de cada vítima, proíbem-se celebrações, ritos ou cultos de qualquer natureza, em intenção do que se pretendeu gestor de um reino precocemente convertido em ruínas no castelo de sua própria podridão. A alma do extinto terá, porventura, recolhido a esperança — que já constitui certeza para muitos — de que o inferno e seu grão-senhor nada têm a ver com a eternidade, não passando portanto os círculos dantescos e Satã de lugares e personagem finitos e até efêmeros, levando-se em conta a fusão de tempo e espaço de que falam os seguidores de Hermes, o da Tábua de Esmeralda, *o Três-Vezes-Grande, segundo o qual o que está embaixo é como o que está em cima, e o que está em cima é como o que está embaixo. 'Isto é verdade, sem mentira, certo e verdadeiríssimo', aduziu o sublime Hermes. Daí por que em cima somos espíritos incorpóreos e embaixo somos espíritos encarnados. Contudo, conscientes ou não, em cima e embaixo nos movemos, em perfeita unicidade com a criação, na mente do Senhor. O Amor do Altíssimo e o perdão extinguem os nossos erros, erros pretéritos e presentes, do mesmo modo que dissipam em sombra e nada todas as nossas ilusões".*

Entrementes, apenas seus olhos deram com esta declaração, o homem alcunhado de mestre pelo colega narrador das proezas de Biá-Príncipe-Biazulmi, embora alquebrado pelos anos, tendo o rosto sulcado de rugas e uma bronquite teimosa no peito, despediu um assobio estridente de colegial confrontado de chofre com alguma coisa inesperada e portentosa.

— Quem diria, hein? — o catedrático aposentado sussurrou. — Esse Príncipe-Biazulmi, reles fantoche ajanotado do ínfimo mundo dos instintos, me surde agora, depois do rebuliço causado há décadas, como agente deflagrador, indubitavelmente involuntário, de um processo de transmutação alquímica do mulherio outrora por ele siderado, transmutação que iluminou quando nada a autora ignota ou autoras deste panfleto cabalístico.

Sentiu saudades do companheiro que entre tantos circunlóquios lhe expôs a história do libertino, com abundância de detalhes, bem abeberados nas fontes, principalmente no professor Paleólogo e no mano Josenildo.

Há uma dúzia de anos morrera o douto Higino Paleólogo, hoje um nome olvidado qual rastro de sapato desfeito no aguaceiro. Os jovens gênios iconoclastas, tão acerbos em detratá-lo em vida, produzindo contrapartidas de arrotos em jantares de desagravo, com a idade tomaram juízo: a maioria trocou as estrofes por barrigas e papadas rotundas de prosperidade, este dando certeiro golpe do baú, outros conquistando sinecuras que os levaram a dormir em colchões de macio conformismo, sonhando galgar degraus cada vez mais elevados na escada do poder. Dois poetinhas renitentes nem propuseram desquite às musas nem se viram de todo traídos pelas sextilhas: a despeito do bissextismo, sucederam Paleólogo nos organismos governamentais de cultura e quejandos. Do exegeta e exagerado estatístico das cópulas do irmão, ignora-se o destino. Pela expectativa de vida dos brasileiros em geral, decerto esticou a canela, caso não se encontre a contar vantagens mulherengo-fraternais pras paredes, largado a um canto, ao deus-dará, como um rei em xeque-mate nalgum tabuleiro esquecido de xadrez.

E a linda dupla de irmãs?

Vanessa e Vanusa ainda hoje animam festas, cantam em serestas e mantêm a juventude a sorrir nas próteses novinhas, nos corpos e nos rostos dos quais as cirurgias plásticas, as tinturas, os cosméticos, a lipoaspiração, a ginástica aeróbica e inúmeros recursos de tecnologia moderna expulsaram as rugas, as celulites e a cor de linho branco dos cabelos.

Quanto à rainha imersa em mistério, firmou-se a certeza de que ela, a mulher casada com Biá-Príncipe-Biazulmi, nunca foi casada ou mulher. Em resumo, não passou, como outras, de invenção de ociosos.

Valquíria morreu. *Causa mortis*: tísica. Ah, esses médicos!

Padre Vândalo Rabiosque Panaro Rabadilha, este ganhou o título de monsenhor e uma cerca-viva de farripas alvacentas em torno do ovo branco da calva. À medida que dissimula a careca com as velhas boinas à Guevara, os poucos fios de cabelo, na forma de meia-lua minguante, tornam-se ora pretos, ora acaju, a poder de corantes importados. No mais, continua apegadíssimo à antiga vida e aos hábitos, inclusive os rabioladamente seculares.

Sobre o badalado casal do soçaite, o misto de político e cirurgião Cordelius Clemente Cordato e sua maravilhosa cara-metade, a cintilante Futilinda dos Prazeres, transmitem-se notícias alvissareiras.

Enquanto o marido cumpre o terceiro mandato na Câmara Alta do Congresso Nacional, a formosa esposa deste rei bonacheirão da cornudagem — tão bonachão que não arredou pé do velório do galã — persevera na esperança de tornar-se primeira-dama provincial. Ambos não desligaram os sorrisos beatíficos das colunas sociais, agora exibidos também nos jornais e na tevê da capital da República. O cerco e o avançar dos anos, o seu poder de sucção de certas glândulas, o seu trabalho em favor da disfunção orgástica da mulher provavelmente terão interrompido a semeadura e a irrupção de novos chifres na fronte do proeminente homem público.

Quanto ao cidadão que gravou e transcreveu estas linhas, goza de boa saúde e chama a si mesmo de Jacob Teotonicus Eu Sou Boehme, o Mulato.

Um mistério.

Contudo, há, na vida, mistérios maiores ainda a desvendar.

Este livro foi composto na tipologia Minion, em corpo 11,5/16, e impresso em papel off-white 80g/m², no Sistema Cameron da Divisão Gráfica da Distribuidora Record.